Sofia Rönnow Pessah

Die Männer in meinem Leben

SOFIA RÖNNOW PESSAH

DIE MÄNNER IN MEINEM LEBEN

ROMAN

Aus dem Schwedischen
von Leena Flegler

ULLSTEIN

Die schwedische Originalausgabe erschien 2020
unter dem Titel *Männen i mitt liv*
bei Wahlström & Widstrand, Stockholm.

MIX
Papier
FSC FSC® C014496

ISBN 978-3-550-20136-3

First published by Wahlström & Widstrand, Sweden
Published by agreement with Ahlander Agency

Umschlaggestaltung: zero-media.net, München, nach einer
Vorlage von © Lotta Kühlhorn, Stockholm
Autorinnenfoto: © Alexander Mahmoud
Gesetzt aus Albertina und Futura
Satz und Repro: LVD GmbH, Berlin
Druck und Bindearbeiten: GGP Media GmbH, Pößneck

Dem Mann gewidmet,
der durch seine Beschränktheit
immerhin imstande ist,
als Inspiration zu dienen.

»Bist du eine gute Hure?«, raunt er mir ins Ohr und zieht an meinem Pferdeschwanz. Er kniet hinter mir, ich mache ein Hohlkreuz.

Erst als ich »Ja« keuche, dringt er in mich ein.

Er weiß nicht, wie ich heiße, und wie er heißt, ist mir egal. Wir sind beide zwanzig plus und kennen uns seit dreieinhalb Stunden. Für das hier reicht's.

Wenige Minuten später kommt er auf meinem Rücken und geht raus ins Bad, um eine Klopapierrolle zu holen, die er in meine Richtung wirft. Ich bleibe eine Weile liegen und überlege, ob ich dableiben oder gehen soll.

Kurz nachdem er sich hingelegt hat, rutscht er näher an mich heran, und seine Hand wandert über meinen Bauch. Ich kann sehen, wie er wieder hart wird. Er legt mir die Hände ein bisschen zu fest um den Hals, und ich packe seinen Schwanz. Am Ende bleibe ich über Nacht, allerdings schlafen wir nicht allzu viel. Es gibt keinen Kuss nach dem Aufwachen.

Er fragt, ob ich frühstücken will. Ich lehne ab: Ich müsse allmählich gehen. Er sieht weder erleichtert noch enttäuscht aus, bringt mich in seine Decke gewickelt zur Tür und umarmt mich unbeholfen. Telefonnummern tauschen wir nicht aus. Lebensgeschichten auch nicht.

»Bis dann«, sagt er noch.

»Bis dann«, sage ich.

Ich atme ein und aus. Nervös. Befangen. Ich behalte die Umgebung genau im Blick. Versuche zu erspüren, wie sie mich ansehen. Ob sie mich ansehen. Irgendwann muss mich doch jemand sehen. In der einen Hand halte ich eine Fantaflasche mit mehr Wodka als Limo, in der anderen eine Kippe.

Mit meiner Freundin – die mehr erlebt und auch schon Sex gehabt hat – laufe ich durch die Fußgängerzone von Malmö. Wir sind irgendwohin unterwegs, weil wir jemanden treffen oder einfach nur rumlaufen wollen. Wir gehen an Jensens Bøfhus vorbei und rüber zur anderen Kanalseite. Dort stoßen wir auf ein paar Jungs, die auch durch die Stadt ziehen, allerdings mit Dosenbier in der Hand. So etwas macht uns zu Erwachsenen, glauben wir. Einer spricht mich an, wir machen ein bisschen rum, und ich darf erstmals erleben, wie die Zunge eines anderen schmeckt. Sie ist warm, wendig, und es ist ziemlich cool.

Wir landen in einem Park, und allmählich spüre ich, wie seit diesem ersten Kuss die drohende Panik nachlässt. Vielleicht bin ich doch nicht die Hässlichste auf der Welt.

Ich sitze im Klassenzimmer. Inzwischen bin ich allein, weil meine zwei besten Freundinnen mich urplötzlich nicht mehr leiden können und das Gerücht gestreut haben, ich sei lesbisch. Die Vorstellung vom hässlichen Mädchen, das obendrein nicht auf Jungs steht, ist ätzend.

Wenn ich die Flure entlanglaufe, höre ich Bemerkungen, Sticheleien, Hohn. Ich sitze in den Kursen, und jedes Flüstern muss von mir handeln. Ich bin dreizehn Jahre alt, keiner mag mich, und ich weiß genau, was Einsamkeit ist.

Wir sind auf einer Party im Garten einer Luxusvilla mit Sauna im Souterrain und Swimmingpool. Seit Kurzem bin ich mit derjenigen befreundet, die hier wohnt. Sie geht in die Parallelklasse, und wir sitzen im selben Spanischkurs. Den Alkohol haben wir von einem Typen, der hinter der Borgar-Schule geparkt hat. Ich trinke billigen Wodka und lande irgendwann auf demselben Sofa wie zwei aus meiner Klasse. Das Tuscheln hat aufgehört, anscheinend schert es keinen mehr.

Rakel, die echt gut aussieht, erzählt stolz, dass sie von einem Typen hier auf der Party ein Kompliment gekriegt hat, weil sie immer noch Jungfrau ist, obwohl sie schon in die Achte geht. Ich bin auch noch Jungfrau, werfe ich ein, und Rakel entgegnet, dass das ja wohl nicht ganz das Gleiche sei. Wir diskutieren es nicht aus; wir wissen auch so, dass Rakel beliebt ist und für sich selbst entschieden hat, ihren Körper nicht von einem Halbwüchsigen entweihen zu lassen. Ich hingegen bin einfach nur Jungfrau.

Ich hocke mit einem Vibrator in der Hand im Bad. Meine Freundinnen haben alle einen. Wir haben sie uns gegenseitig zum Geburtstag geschenkt, aus Spaß. Als würden wir sie nie benutzen. Als hätten sie ganz sicher nicht den Zweck, uns zu befriedigen. So was interessiert uns ja nicht.

Ich kauere am Boden, presse den Vibrator fest gegen meine Öffnung und warte darauf, dass es sich schön anfühlt. Es fängt an zu brennen. Ich höre wieder auf. Ich habe immer noch keine Ahnung, was an Sex so toll sein soll.

Irgendwer hat den LunarStorm-Account eines Mädchens aus unserer Klasse geknackt. Auf der Profilseite, wo man normalerweise schreibt, mit wem man am engsten befreundet ist, und Zeilen aus seinem Lieblingssong zitiert, hat jemand zu jedem einzelnen Mädchen in der Klasse fiese Sachen gepostet. Bei mir steht: »Zieht sich die hässlichen Hosen hoch und klemmt sie sich unters Doppelkinn.« Typischer Spruch bei typisch hässlichen Mädchen.

Jahre später hängen wir abends in der Garage bei einem Kumpel ab, und zwei geben zu, dass sie den Account geknackt haben. Wir waren damals befreundet und sind es auch weiterhin, was soll man auch machen?

Ich stehe vor der Tür zu dem riesigen weißen Haus. Zögere. Rakel hat sämtliche Mädchen aus der Klasse eingeladen. Ich sage mir, dass es Alkohol gibt. Dass ich keine Angst haben muss, außen vor zu sein. Ich klopfe an. Diejenigen, die schon früher da waren, sitzen am Küchentisch und spielen Trinkspielchen.

Zwischen Schlucken vom Tetrapak-Wein zeigt Rakel ihr Handy herum. Sie hat das Foto eines Mädchens im BH aufgerufen. Ich kenne sie, sie geht in die Siebte. Mit ernster Stimme berichtet Rakel, dass das Mädchen dieses Bild an einen der süßen Jungs aus der Neunten geschickt hat. An den, mit dem Rakel was am Laufen hat. Wir sind uns alle einig, dass das Mädchen eine Schlampe ist. Ein paar von uns haben ihre Nummer und texten ihr: *Hure!* Rakel lacht, und wir stimmen mit ein.

Den Abend über werden wir immer betrunkener und tun so, als würden wir auf Lunge rauchen. Ein paar von uns tanzen. Ein paar kotzen in den Garten. Ein paar schießen Fotos, wie sie auf Rakels Bett rummachen. Ein paar gestehen einander ihre Liebe. Ein paar heulen.

Am Montag rempelt jemand das Mädchen aus der Siebten hart mit der Schulter an. Ohne aufzublicken, marschiert sie weiter. Wir, die drumherum gestanden haben, kichern. Geschieht ihr doch recht. Verfluchte Schlampe.

Wir sind in einem versifften Club, in dem die Türsteher so tun, als würden wir unseren Fake-Perso-Bildern ähnlich sehen. Wir tanzen synchron zur Musik. Zuvor waren wir bei einer von uns, deren Eltern nie da sind und sich um nichts kümmern. Wir haben alles Mögliche durcheinander getrunken und sind alle voll.

Die Typen am Rand der Tanzfläche sind alle schon älter und ein bisschen eklig, aber im Mittelpunkt zu stehen ist herrlich. Wir machen miteinander rum, ohne dass wir uns etwas dabei denken. Geknutsche unter Freundinnen vor erregten Männern. Es fühlt sich an, als würden sie und die Welt uns gehören.

Wir feiern irgendeinen sechzehnten Geburtstag im Hipp, und ich tanze. Auf der Tanzfläche ist nicht viel los, und ich fange an, mit dem Typen rumzuknutschen, der mit mir tanzt. Urplötzlich – keine Ahnung, wie es dazu kommt – tanze ich mit seinem Kumpel, der danebensteht, und auf einmal – keine Ahnung, wie es dazu kommt – knutschen wir. Dann lande ich bei einem dritten Kumpel, und auch wir knutschen. Wir sind die Einzigen, die noch auf der Tanzfläche sind, sie schubsen mich zwischen sich hin und her, und ich knutsche immer mit dem, bei dem ich gerade lande. Ich weiß genau, was von mir erwartet wird, ich bin betrunken und wirr im Kopf, und eigentlich ist mir klar, dass Knutschen toll ist, aber das hier fühlt sich nicht gut an.

Fluchtartig torkele ich in Richtung Raucherkabuff, wo ein paar Bekannte stehen. Ich schaffe es nicht mal, meine Zigarette anzuzünden, bevor die Jungs ebenfalls rauskommen und mich wieder reinziehen, um weiterzumachen.

Einen der Jungs treffe ich später noch öfter. Er reagiert jedes Mal gleich. Gibt mir völlig desinteressiert die Hand und tut so, als wüsste er nicht, wer ich bin. Vielleicht weiß er es wirklich nicht. Vielleicht ist der Ekel, den ich in seinem Blick ahnen kann, einfach nur allgemein und nicht auf mich bezogen. Vielleicht will er das Luder auch einfach nicht kennen.

Ich schreibe eine Liste mit allen, mit denen ich geknutscht habe. Wie oft ich dabei gesehen wurde. Versuche, mich an das Wer und das Wo zu erinnern. Es wird eine lange Liste. Und manchmal ist es auch nur eine Nummer in irgendeinem Club. Am Ende bleibt hauptsächlich ein Nebel aus Lippen.

Mit mir knutschen wollten etliche, nur macht es das auch nicht besser für mich. Bloß geknutscht zu werden ist zu leicht. Zu mechanisch. Zu unbedeutend. Das beweist mir nicht, dass ich begehrenswert bin. Attraktiv. Dass ich gebraucht werde. Wenn aber jemand Sex mit mir haben will, dann muss er dafür erst hart werden. Da muss er mich wirklich haben wollen, und dann könnte auch keiner mehr sagen, dass ich noch Jungfrau bin, nur weil ich keine andere Wahl habe. Ich wünschte, irgendwer würde mich wollen. Ein Teenagerleben dauert eine fucking Ewigkeit.

Nr. 0

Wir sind in einem Haus in Åkarp, da ist Party. Ein Typ erzählt mir, dass ich aussehe wie eins der Mädchen aus dem *Reiterhof*. Das ist ein Porno, sagt er. Ich nehme es als Kompliment.

Das Klo ist besetzt. Irgendwer knackt das Schloss, stößt die Tür auf, und auf dem Klodeckel haben zwei nackte Körper Sex. Sie kreischen los. Alle lachen.

Wir sind öfter hier auf Partys. Ich weiß nicht mal, wer hier wohnt. Normalerweise erzähle ich meinen Eltern, dass ich bei einer meiner Freundinnen übernachte, und die erzählen, dass sie bei mir übernachten. Dann besaufen wir uns bei jemandem zu Hause. So wie Jugendliche es eben machen.

Ein echt cooler Typ, der gerade zum zweiten Mal die letzte Klasse macht, singt auf dem Sofa einen Håkan-Hellström-Song für mich. Ich hab meine Beine über seine gelegt. Er fragt, ob ich schon mal Sex hatte, und als ich Nein sage, erwidert er: anständig von dir. Kurz zuvor hat er mir das Oberteil hochgezogen und meinte: netter BH. Ich kann nicht fassen, dass ich jetzt mit ihm hier sitze. Dass er sich mit mir abgibt. Als er zur nächsten Party weiterzieht, mache ich mich auf die Suche nach dem Typen, mit dem ich hergekommen bin.

Im Haus gibt es ein ausgewiesenes Fickzimmer. Dort hat sich der Typ aufs Ohr gelegt. Er ist drei Jahre älter als ich, was irre viel älter ist. Ich mag ihn nicht wirklich, aber er scheint mich zu mögen, und da ist er der Einzige, deshalb hab ich auch weiter mit ihm getextet.

Er hat nichts getrunken. Ich glaube, er trinkt grundsätzlich nicht. Ich habe getrunken. Ich habe verdammt viel getrunken. Wie jedes Mal. Weil ich sechzehn bin und wirr im Kopf.

Ich gehe zu ihm rein und frage ihn, ob wir Sex haben könnten. Er sagt Nein. Ich werde quengelig. Ich will es gar nicht, aber ich will, dass er will. Leicht resigniert schickt er mich ein Kondom besorgen. Ich bin so betrunken, dass ich gar nicht kapiere, was das Kondom zu bedeuten hat. Obwohl ich kein bisschen erregt bin, lege ich mich auf den Rücken. Er streift sich das Kondom über und dringt in mich ein. Es tut weh. So richtig. So ist das wohl, wenn man Sex hat und kein bisschen erregt ist. Ich bitte ihn aufzuhören, und er hört auf. Wir reden noch kurz, und ich versuche zu scherzen, ich hätte wohl zu viel masturbiert, deshalb hätte es nicht geklappt. Nur um zu erklären, warum der Sex mit mir nicht funktioniert hat. Er sagt nicht allzu viel. Er schläft ein.

Ich verlasse das Zimmer und suche mir einen Schlafplatz auf einem beigefarbenen Stoffsofa im Wohnzimmer. Ich will nicht mehr in seiner Nähe sein.

Am Morgen wache ich auf und verschwinde zum Bus, ohne mich zu verabschieden. Ich fahre in die Stadt und laufe ein bisschen herum, weil ich jetzt nicht nach Hause fahren kann. Ich wandere ziellos umher, und plötzlich spüre ich Atemnot im Brustkorb. Schultern, Herz, Rippen, Lunge, Kehle, Muskeln schmerzen. Sex ist eine andere Hausnummer als Knutschen. Das weiß ich jetzt. Die Angst ist größer.

Stunden später nehme ich den Bus. Nach ein, zwei Haltestellen muss ich wieder aussteigen. Mir ist speiübel, und fast muss ich kotzen. Der Kater vermischt sich mit Ekel und Selbsthass. Den Rest des Heimwegs gehe ich zu Fuß.

In meinen Gedanken, in der Atemnot und in meinem Selbsthass ist sie trotzdem zu spüren. Sie, die da besser nicht sein sollte. Die Antriebskraft. Die Erleichterung. Die Gewissheit, dass ich doch fickbar bin. Zumindest wenn ich quengele.

Am Abend ruft eine Freundin an, um über die Party zu reden. Sie ist in einen der älteren Typen verknallt, und ich kann ihr Lächeln durch die Leitung hören, als sie erzählt, dass sie endlich geknutscht haben. Ich freue mich für sie. Sie erzählt weiter, dass sie zusammen eingeschlafen sind. Sie ist noch zum Frühstück geblieben und hat zugehört, wie die Jungs sich über den Abend unterhalten haben. Wer Sex auf dem Klo hatte. Wie peinlich es irgendwem war, dass er eine italienische Vase, die unter Garantie schweineteuer war, kaputt gemacht hat. Wie jemand damit angegeben hat, ins Waschbecken gekotzt zu haben. Wie Nr. 0 den anderen erzählt hat, dass er und ich Sex haben wollten, nur dass ich mich zu hart mit einem Dildo gefickt und es deshalb nicht funktioniert hätte.

Wir sollen für Schwedisch eine Kurzgeschichte schreiben. Ich schreibe über den Geschäftsführer eines Ölkonzerns, der mit seiner Putzfrau schläft und ihr anschließend kündigt, woraufhin sie ihn umbringt. Ich kriege eine Zwei und muss heulen.

Nr. 1

Amin fummelt sich das Kondom über, und wir haben zum ersten Mal Sex. Es ist schön. Wir sind dermaßen heiß aufeinander, dass wir es gleich noch mal machen. Wir gehen seit etwa einem Monat miteinander, und er ist mein fester Freund. Ich bin in der Oberstufe, er macht demnächst Abi. Sogar ich kann einen Freund haben.

Als wir gerade ein weiteres Mal loslegen wollen, ruft seine Mutter. Essen ist fertig. Aufgedreht und verknallt ineinander sitzen wir am Tisch und essen Nudeln mit Hackfleischsoße und tun so, als hätten wir nicht gerade eben erst die Ordnung aller Dinge, die wichtig sind, komplett auf den Kopf gestellt.

Als Amin erstmals zu mir sagt, dass er mich liebt, liege ich in seinem Bett und muss heulen. Er sollte nicht mit mir zusammen sein, erwidere ich, und dass ich keinen Freund verdient habe. Dass er alles missverstanden hat und besser sofort wieder mit mir Schluss macht.

Er zählt auf, was er alles an mir mag, und dann sagt er: »Und deshalb liebe ich dich, Sonia.« Es ist wie in den besten Teenagerfilmen, und in mir macht sich eine glückliche Ruhe breit.

In seinem Blick liegt ein Versprechen, und auch wenn ich nicht weiß, welches, glaube ich ihm. Nachdem wir eine Weile geschwiegen haben, sage ich zu ihm: »Ich liebe dich.« Und er antwortet feierlich: »Ich liebe dich auch.«

Für meinen Aufsatz habe ich eine Eins minus bekommen. Schulnoten spielen bei der täglichen Überprüfung meiner intellektuellen, ästhetischen und sozialen Defizite durchaus eine Rolle. Wenn ich nicht einmal Klassenbeste in einer mittelmäßigen Klasse an einer mittelmäßigen Schule in der drittgrößten Stadt eines mittelmäßigen Scheißlandes sein kann, wie zur Hölle soll ich es da zu irgendwas bringen?

Ich liege in Amins Bett, quengele und streiche mit den Fingerspitzen über seinen Körper. Als Antwort wird er prompt hart. Im selben Maße, wie sein Puls steigt, werden meine Sorgen geringer. Sein erregter Blick beruhigt mich. Seine Lust entspannt mich. Sobald ich spüre, dass er in mir ist, schalte ich ab, als wäre ich besoffen, nur statt Katerpanik zu haben, darf ich anschließend auf seiner Brust liegen und seinem angenehmen leisen Schnarchen lauschen. Ein Schnarchen, das mich liebt.

Amin und ich sind drei Jahre zusammen. Wir lernen, Rotwein zu trinken, und nehmen zu, überlegen, wie unsere Kinder heißen sollen, und treffen Freunde und Familie des jeweils anderen. Wir glauben wirklich, dass wir für immer zusammenbleiben.

Er ist nett. Aber langweilig. Er gibt sich mit diesem Leben zufrieden. Ihm gefallen die Stabilität und die Unaufgeregtheit. Er sieht mich verdutzt an, wann immer ich versuche, mit ihm zu diskutieren, ob Demokratie die beste Staatsform ist oder ob wir die Todesstrafe wieder einführen sollten oder welche moralische Verantwortung wir für Menschen aus der Dritten Welt haben – oder all die anderen großen Fragen, die man sich stellen sollte.

Ich bin ihm zu viel. Ich trinke zu viel, wenn wir ausgehen. Ich heule, wenn wir streiten. Ich mache mir Gedanken über Dinge, die für ihn komplett unproblematisch sind. Ich nötige ihm eine Leidenschaft ab, die er nicht begreift. Er schläft, während ich träume.

Ich treffe ihn in der Stadt. Wir gehen ein Stück spazieren, ehe wir eine Parkbank entdecken, an der keine anderen Spaziergänger vorbeikommen. Ich habe meinen Entschluss gefasst. Ich habe vor Kurzem die Schule abgeschlossen und will ein anderes Leben als das mit ihm. Er will nicht, dass wir uns trennen. Er will, dass wir zusammenziehen und Kinder kriegen und heiraten und glücklich sind bis ans Ende unserer

Tage. Er weint. Ich weine auch, allerdings muss es außer Sicherheit doch noch etwas anderes geben, wofür es sich zu leben lohnt.

Mir sind drei Sachen wichtig.

Ich will die Welt retten, ich will talentiert sein/wirken, und ich will geliebt werden. Sogar ohne tiefergehende Psychoanalyse weiß ich, dass diese drei Dinge ein und demselben Bedürfnis nach Bestätigung entspringen. Im Grunde will ich am allermeisten, dass ich mich nicht mehr beschissen fühle, aber ich nehme an, das ist das Gleiche.

Ich sitze im 171er Bus mit all den anderen Malmöern, die zu Semesterbeginn nicht dringend nach Lund ziehen wollten oder sich nicht getraut haben.

Der VWL-A-Zweig setzt sich zusammen aus ein paar skeptischen VWL-Frischlingen und dreihundertfünfzig ambitionierten Diplomkaufleuten. Der Hörsaal wimmelt nur so von blonden, schlanken schwedischen Menschen mit teuren Taschen und strammen, glatten Pferdeschwänzen. Schlagartig bin ich mir meines Gewichts, meiner Größe, meiner fetten Schenkel und meines schwarzen Kraushaars bewusst.

Ich werfe einen Blick in meinen Stundenplan, um sicherzugehen, dass ich nicht im Institut für Rassenbiologie gelandet bin. Aber warum sollte ich mich verunsichern lassen? Es sind doch eher die anderen, die ihre Anwesenheit hier infrage stellen sollten. Doch auch wenn sie den schlimmsten Teil der Gesellschaft repräsentieren, bin ich es, die sich unsicher fühlt. Unsicher, wie man mit Leuten spricht, für die Empathie gleichbedeutend ist mit finanziellem Verlust und Macht mit rechtmäßiger Mitgift.

Ich beobachte eine Frau in einer Jacke mit schweineteuren Pelzapplikationen. Sie lacht über irgendeine Mittelmäßigkeit eines Typen mit Loafers an den Füßen. Unter Garantie besitzt seine Familie mindestens ein Boot und verabscheut Obdachlose. Ich kann ihnen ansehen, dass sie zutiefst von der Überzeugung durchdrungen sind, im Grunde seien alle

Egoisten und das als Leitlinie und Rechtfertigung hernehmen, um auf mich herabschauen zu können. Ich hasse sie jetzt schon, weil sie nicht begreifen, dass sie es sind, die sich schämen sollten, und nicht ich.

Ich sehe mich nach einem freien Platz um und atme auf, als mein Blick an einem Typen mit zerzaustem Haar und Víctor-Jara-Spruch auf dem Shirt hängen bleibt. Ich setze mich neben ihn und einen zweiten Sozialisten und verbringe das komplette Semester damit zuzuhören, wie sie auf die rechtskonservativen Analysen des Dozenten mit Fragen kontern wie der nach dem Blickwinkel des Arbeiters, und wie sie hier und da »Spießbürgerschweine« murmeln.

Nr. 2

Er ist ein Kumpel von einem Kumpel. Nicht wahnsinnig gut aussehend oder nett oder lustig. Trotzdem landen wir bei ihm daheim. Als wäre das selbstverständlich.

Wir haben Sex. Einfach so. Und es ist cool. Er ist nicht wie Amin.

Wir haben Sex in seinem Bett. Auf dem Esstisch. Während er auf seinem Schreibtischstuhl sitzt. Es ist vielleicht nicht immer schön, aber es ist spannend.

Ich bleibe über Nacht und hänge noch bis zum späten Nachmittag bei ihm rum. Bis nichts mehr zu holen ist. Bis wir beide nicht mehr können.

Draußen an der frischen Luft fühle ich mich frei. Stark. Überlegen. High von dem Gefühl, Sex ohne Ansprüche gehabt zu haben. Dass es verspielt war, kindisch, einfach Sex um des Sex willen. Ohne Gefühle. Ohne große Überlegungen. Ohne die Angst.

In einer Videothek kaufe ich Zigaretten, zünde mir eine an und rauche draußen in der Sonne bei den Bussen am Botulfsplatsen. Mein vom Vögeln zerzaustes Haar trage ich mit Stolz zur Schau. Eigentlich habe ich keine große Lust auf die Zigarette, aber ich finde, sie passt zu genießerischer Dekadenz. Auf dem Heimweg im Bus habe ich ein Lächeln im Gesicht.

Nr. 3

Er ist unfassbar heiß. Viel zu gut aussehend für mich. Er hat schwarze Locken. Dunkle Augen. Wir sind in einer Fachschaftskneipe. Als sie zumacht, spazieren wir zu ihm ins Wohnheim.

Nicht, dass es richtig gefunkt hätte, aber das ist egal, er ist so irre attraktiv, und ich muss einfach wissen, dass ich ihn haben kann.

Dann sind wir in seinem Wohnheimzimmer. Sobald ich die Jacke ausgezogen habe, fordert er mich auf, die Hände nach vorn auszustrecken. Er schlingt etwas darum, was wie Kabelbinder aussieht. So was benutzt die Polizei heutzutage statt Handschellen, erklärt er mir. Ich nehme an, er glaubt, das wäre sexy.

Ich bin immer noch vollständig bekleidet und kann mich mit gefesselten Händen nicht ausziehen. Ihm dämmert, dass der Kabelbinder keine gute Idee war, und er nimmt ihn mir wieder ab. Die Stimmung, die wir auf dem Weg hierher mühsam angeheizt haben, ist im Eimer.

Er liegt auf mir, und wir sind beide mucksmäuschenstill. Wir haben Sex zu all den Umgebungsgeräuschen, die mit Sex nichts zu tun haben. Irgendwo im Hintergrund läuft Radio, irgendein Abendprogramm, und ein Fernfahrer aus Ystad hat sich »You Can't Hurry Love« von den Supremes mit Diana Ross gewünscht. Draußen vor dem Fenster bremst ein Bus.

Wir machen eine Weile so weiter, auch wenn irgendwie

klar ist, dass keiner von uns es besonders toll findet. Andererseits ist es auch nicht besonders schlimm. Er sieht einfach sehr, sehr gut aus.

Irgendwann sehen wir uns verlegen an – mit der Frage im Blick, ob es nicht allmählich reicht – und hören auf. Bleiben nebeneinander liegen, machen Small Talk und fühlen uns gut.

Ich übernachte bei ihm, mache mich aber am nächsten Morgen früh auf den Weg. Als ich schon in der Tür stehe, fragt er leicht zögerlich, ob wir nicht Nummern austauschen sollten. Seine Stimmlage spricht eher von echter Überlegung als von einem Bedürfnis. Also tauschen wir Nummern. Hauptsächlich weil wir beide der Ansicht sind, dass es sich so gehört.

Auf dem Weg nach Hause durch das erwachende Lund fühle ich mich berauscht, auch wenn der Sex komplett wertlos war. Unfassbar, dass dieser verdammt heiße Typ mit mir schlafen wollte.

Nr. 4

Es ist Berufsorientierungswoche bei den Wirtschaftswissenschaftlern, und ich versuche herauszufinden, wie man als VWLer die Welt verbessern kann. Er steht am Stand von Sida, der Behörde für internationale Entwicklungszusammenarbeit, und drückt mir mit einem charmanten Lächeln eine langweilige Broschüre in die Hand. Dann erzählt er mir, dass er gerade erst von einem Projekt in Mali zurückgekommen ist, wo er bei der Finanzplanung einer Hilfsaktion mitgearbeitet hat, was cool klingt, also bleibe ich stehen. Er redet weiter. Nicht, dass ich mich auf seinen Vortrag konzentrieren würde. Ich bin auf ihn konzentriert. Er erzählt, dass er in Malmö in einem Hotel übernachtet, bevor er in ein paar Tagen zurück nach Stockholm fährt.

Mit seinem Stockholmer Dialekt klingt er lächerlich. Affig. Allerdings ist er groß und breitschultrig, also bleibe ich. Lache. Er fragt mich nach meiner E-Mail-Adresse, die er für irgendeine Liste braucht, und wir machen beide scherzhaft Andeutungen, dass er sie ja auch privat nutzen könnte. Später am Nachmittag kommt eine E-Mail mit seiner Nummer. Er fragt, ob ich mit ihm ein Feierabendbier trinken gehen möchte.

Per SMS sage ich zu, gehe duschen und male mir aus, wie dieser Abend weitergehen könnte.

Wir treffen uns im Ariman, der einzigen nichtstudentischen Kneipe mit Seele in Lund, wo es immer ganz, ganz leicht nach Pisse riecht. Nach zwei Bier berühren wir einander am Arm. Nach drei Bier machen wir in einer hinteren Ecke der Kneipe heftig miteinander rum, wenn auch nicht so weit hinten, dass es gefährlich wäre. Nach vier Bier sind wir nicht mehr öffentlichkeitstauglich.

Ich spüre, wie sehr ich ihn haben will. Wie sehr ich ihn haben muss. Nur leider muss ich gehen, ich übernachte auf dem Sofa einer Freundin, muss morgen früh in die Vorlesung und er zurück nach Malmö.

Wir verabschieden uns voneinander, trotzdem sehnt sich der Körper nach mehr. Ich laufe los, aber so sehr ich meiner Fantasie auch freien Lauf bis zum Ziel lasse, will die Lust nicht verschwinden.

Tags darauf gehe ich aus. Nach ein paar Bier schicke ich ihm eine SMS. Heute Nacht muss ich ihn haben. Er antwortet postwendend. Er ist ebenfalls in Lund, mit einem Freund ein Bier trinken. Wir verabreden uns, später zusammen nach Malmö zurückzufahren. Um halb eins treffen wir uns und fangen quasi sofort an zu knutschen, nachdem wir erst noch kurz versucht haben, so zu tun, als wäre das nicht der Zweck unseres Treffens gewesen.

Im Bus landen wir ganz hinten. Wir sind zwar nicht die Einzigen, aber es fühlt sich so an. Sein Körper, seine Zunge, seine Wärme überwältigen mich. In mir zieht es, pulsiert. Tut weh. Die Vorstellung, jetzt vierzig Minuten lang Bus zu fahren, bis wir bei seinem Hotel ankommen, ist unerträglich. Die Vorstellung, ihn auch nur eine Sekunde länger nicht in mir zu haben, ist unerträglich.

Ich rutsche quer auf den Sitz und ziehe so diskret wie nur möglich Strumpfhose und Slip aus. Er geht vor dem Sitz halb in die Knie und weiß sofort, was ich will. Hinter dem Vordersitz versteckt holt er seinen Schwanz raus. Er ist steinhart, und ich brauche ihn jetzt.

Auf dem Papier ist er der Hauptgewinn: politisch interessiert, charmant, gut aussehend. Er ist zehn Jahre älter als ich. Reif. Ich glaube, wir fühlen uns beide gleichermaßen zueinander hingezogen. Er lädt mich auf ein Wochenende zu sich nach Stockholm ein.

Das komplette Wochenende vögeln wir, essen Pasta und reden über Gott und die Welt. Ich hab das Gefühl, dass das mit uns irgendwohin führen und ich mich in ihn verlieben könnte.

Als ich Stockholm verlasse, habe ich den Geschmack seiner Lippen auf der Zunge und den Duft seines Rasiergels am Kragen.

Er ist in der Stadt. Ich sitze mit ein paar Bekannten draußen vor einer Kneipe. Bin motiviert. Wir schreiben Nachrichten. Seit meinem Stockholmbesuch war er schwerer erreichbar, weil er öfter verreist war und nicht überall Netz hatte. Trotzdem hatten wir Kontakt. Zumindest hat er geantwortet, wenn ich geschrieben habe. Und jetzt ist er in der Stadt, und ich gehe davon aus, dass wir uns treffen. Ich freue mich schon seit Tagen darauf. Ich texte ihm erneut, aber es dauert, bis er mir antwortet. Um zwanzig nach elf schreibt er, dass es mit dem Treffen nicht klappt.

Ich weiß nicht, was ich falsch gemacht habe. Er hat mich doch sogar nach Stockholm eingeladen. Das hat doch etwas zu bedeuten. Ich bestelle mir noch ein Bier und teile meinen Freunden mit, dass er es nun doch nicht schafft. Sie versichern mir, dafür gebe es bestimmt gute Gründe, er hätte unter Garantie kommen wollen, aber ich kann ihren Blicken ansehen, dass ich in Wahrheit bloß ein Wochenende für ihn war. Nichts weiter als eine Busfahrt.

Zwei, drei Wochen verstreichen, dann ein guter Monat, und so langsam wird mir klar, dass ich ihm nicht schreiben sollte. Nur rutscht einem so was leicht durch, und in einem schwachen Moment, der durch Alkohol und Ängste befeuert wird, texte ich ihm erneut und frage, ob er mal telefonieren will. Er ruft auf der Stelle an. Als ich seinen Namen auf dem Display sehe, bin ich schlagartig nervös. Ich versuche, mich zu entspannen. Lasse es ein paarmal klingeln. Nachdem wir eine Weile geplaudert haben, frage ich ihn so beiläufig, wie ich nur kann, ob er sich mal wieder mit mir treffen will. »Klar, supergern«, antwortet er. »Als Freunde«, fügt er dann hinzu und versucht, so zu tun, als wäre ihm das spontan in den Sinn gekommen.

Er hat den Satz nicht mal fertig gesprochen, als ich auch schon »Ja, logisch« sage und lache – ein Lachen, das deutlich macht, dass ich kapiert habe, dass er nichts von mir will. Wir legen auf, und ich heule.

Ich krame meinen alten Fake-Perso aus dem Portemonnaie und quetsche mich nervös an den Türstehern vorbei in den Club, der eigentlich erst ab dreiundzwanzig ist. Ich hab unterwegs meine Freunde aus den Augen verloren und will mir bloß eine Kippe von jemandem schnorren. Dann bleibe ich in der Raucherecke bei einem Typen hängen, der Mentholzigaretten raucht. Eigentlich betreibt er eine Bar, aber hin und wieder arbeitet er für eine ehrenamtliche Organisation. Ich hab sofort vergessen, für welche, trotzdem finde ich es anständig von ihm. Als ich erzähle, dass ich in Lund VWL studiere, stellt sich heraus, dass die beste Freundin seiner kleinen Schwester in meiner Seminargruppe ist.

Wir knutschen nicht mal, trotzdem tauschen wir Nummern und schreiben und rufen einander eine Zeit lang an. Keine Ahnung, warum, aber die meisten Telefonate enden irgendwann mit Telefonsex. Fühlt sich ganz spannend an.

Am darauffolgenden Dienstag entdecke ich in der Vorlesungspause die beste Freundin seiner Schwester bei den Rauchern und tue so, als hätte ich mein Feuerzeug vergessen, um mit ihr ins Gespräch zu kommen. Nach mehreren weiteren Rauchpausen gelingt es mir, ihn im Gespräch zu erwähnen. Sie erzählt, dass er eine Freundin hat. Oder so was in der Art. Oder dass es gerade kompliziert ist. Dass die beiden sich erst seit rund einem halben Jahr kennen und die Frau nach gerade mal drei Monaten schwanger wurde und dass sie persönlich glaubt, dass die Frau ihm da etwas untergejubelt hat, weil sie nämlich schon Mitte dreißig und mit ihm ja wohl nur zusammengekommen ist, um sich schwängern zu lassen. Dass er sich in eine Beziehung hat locken lassen, die er nicht will, tut mir für ihn leid.

Ein, zwei Wochen später treffen wir uns, und er erzählt, dass er und seine Freundin gerade eine Beziehungspause eingelegt haben, weil es ziemlich kompliziert sei. Er nimmt mich noch mit zum Nachglühen bei seinem Kumpel, der im Club aufgelegt hat, und wir landen miteinander im Bett. Er nimmt meine Hände, führt sie an seinen Schwanz, fordert mich auf, mein Oberteil hochzuziehen, fasst mich selbst aber nicht an. Nachdem ich ihm einen runtergeholt habe, kommt er auf meinem Bauch. Er klaubt ein T-Shirt seines Kumpels vom Boden auf, hält es mir hin, damit ich mich damit abwischen kann, und wirft es anschließend unters Bett. Die ganze Sache fühlt sich leicht dubios an, aber er wirkt zufrieden, und deshalb bin ich froh.

Als ich die Freundin seiner Schwester das nächste Mal treffe, erfahre ich, dass er mit seiner Freundin zusammengezogen ist, und jetzt weiß ich auch, warum er sich nicht mehr meldet. Es ist aber wohl auch nicht so sexy, mit einer Neunzehnjährigen Telefonsex zu haben, während die eigene schwangere Freundin neben einem liegt.

Nr. 5

Ich bin in einem hübschen Dörfchen in Südfrankreich, um Französisch zu lernen. Um mich während der Semesterferien weiterzubilden. Um besser zu sein als andere. Um mich kultiviert zu besaufen.

Meine Busenfreundin seit Anfang der Woche und ich haben den kanadischen Betreuer von Tag eins an angehimmelt. Er hat Grübchen, wenn er lächelt, und zig Tattoos. Wir bilden uns ein, dass er und eine Betreuerin was am Laufen haben.

Wir sind in einem zweitklassigen Club unterwegs, in dem die Leute aus dem Sprachkurs die Drinks vergünstigt kriegen. Die Betreuerin ist krank und daheim geblieben. Er ergreift die Initiative und spricht mich an. Wir lachen uns über die Scheißlocation kaputt. Über die anderen. Wir teilen uns eine Kippe. Wir kaufen uns Bier. Wir tanzen.

Mit dem Bier bespritze ich ihn aus Versehen. Im Gegenzug kriege ich auch ein bisschen was ab. Ich spritze zurück. Er spritzt nach. So machen wir weiter, bis wir irgendwann komplett bierbesudelt mitten auf der Tanzfläche stehen.

Im Biernebel und bei schlechter Musik machen wir erst miteinander rum und landen kurze Zeit später in seinem Bett. Erst als er in mich eindringt und sich dann sofort verängstigt zurückzieht, dämmert mir, dass er und die Betreuerin wirklich ein Paar sind.

Er gesteht mir, wie verwirrt er ist. Dass sie beide nicht

richtig zusammen sind, weil er sich nicht darüber im Klaren ist, was er für sie empfindet. Seine Reaktion sei doch Beweis genug, dass er sie möge, entgegne ich, man dürfe natürlich Zweifel haben, das hier zeige aber doch wohl, dass er mit ihr zusammen sein wolle.

Er hört mir zu. Konzentriert. Keine Ahnung, warum ausgerechnet ich in dieser Frage glaubwürdig sein sollte, aber es scheint ihm nach meiner Antwort besser zu gehen. Er hört mir zu, so richtig. Ich zerstreue seine Bedenken. Er nimmt meine Hand, sieht mich an und sagt, dass ich wirklich ein »free spirit« sei.

Wie er mich einschätzt, gefällt mir. Unbeeindruckt, sexuell befreit, empathisch. Sein Urteil entspricht alledem, was ich gern sein will, und ist das schönste Kompliment, das ich je bekommen habe. Anschließend darf ich mich davonstehlen, weil er nicht will, dass die anderen Betreuer mich sehen.

Sobald ich in meinem Zimmer bin, schicke ich meiner neuen besten Freundin eine SMS: *I just had sex with him*. Sie weiß schon, wen ich meine. Wie es war, erwähne ich mit keiner Silbe. Ihre Antwort klingt imponiert und nach kaum verhohlener Eifersucht.

Nr. 6

Zusammen mit den anderen Kursteilnehmern bin ich erneut im Club. Die Betreuerin ist wieder fit, allerdings ist er nicht da. Sie und ich unterhalten uns an einer Bar, und auch wenn ich gar nicht danach gefragt habe, erzählt sie mir, dass er in der vergangenen Woche ihre Eltern kennengelernt hat. Sie hat zuvor gar nicht erwähnt, dass sie beide zusammen sind. Und jetzt erzählt sie mir, wie toll er ist. Dass es was Ernstes ist. Dass er ein echt guter Typ ist.

Kurz denke ich, dass er echt gut mit mir rummachen konnte, und dann denke ich an Tequila. Bestelle Shots für uns beide. Sie braucht jetzt einen, auch wenn sie es nicht weiß. Anschließend gibt sie eine Runde aus. Dann erwähnt sie, dass sie in ihrer WG öfter weiterfeiern und ich doch mal mitkommen soll. Schneller als gedacht habe ich mich für heute Abend eingeladen.

Er ist auch da. Natürlich. Ich weiß immer noch nicht, was genau ich hier will. Als er mich entdeckt, sieht er mich verdutzt an. Das Ganze ist doch bescheuert. Wir sitzen in ihrem Zimmer. Sie und er. Und ich.

Er sitzt barfuß auf dem Boden und lehnt sich gegen den Kleiderschrank. Ich ziehe ihn damit auf, dass er die ungepflegtesten Zehennägel hat, die mir je untergekommen sind. Wir lachen. Alle drei. Er und ich wechseln Blicke. Insgeheim denke ich, dass mir auch noch nie so ungestutztes Schamhaar untergekommen ist. Ich denke das nur, weil ich es eigentlich nicht wissen dürfte. Weil sie ebenfalls weiß, dass er alles einfach wuchern lässt, nur dass sie nicht weiß, dass ich es weiß. Weil er und ich ein Geheimnis haben, mit dem sie nicht einverstanden wäre. Weil ich gerade ein echt mieses Stück bin, und mit jeder Minute, die ich weiter bleibe, wird ihr Gefühl stärker sein, dass sie hintergangen wurde.

Panisch springe ich auf, steuere den Gemeinschaftsraum an und lasse mich neben dem nächstbesten Typen nieder. Er wohnt auch hier, und rund eine Viertelstunde nachdem wir angefangen haben zu reden, verschwinden wir in seinem Zimmer.

Er sieht scheiße aus, fickt unsexy, aber immerhin rhythmisch, und ich komme.

Ich habe einen Jura-Studienplatz in Lund ergattert und werde die Welt verändern. Richtig was verändern. Meinem Leben einen Sinn geben. Dagegen ankämpfen, dass die Welt auf eine Klimakatastrophe zusteuert, oder im Bereich nuklearer Abrüstung für die UNO arbeiten oder hungernden Kindern helfen oder so was in der Art.

In meinen Tagträumen vergesse ich, dass so ein Aufstieg schwer ist, wenn man keinen Boden unter den Füßen hat.

Nr. 7

Es sind Erstsemesterwochen, hier heißt man als Erstsemester Novize, und die Erstsemesterwochen heißen Novizenzeit. Als müsste man einer Phase, in der junge Leute sich allgemein gern zusammen besaufen und Freunde fürs Leben werden, einen speziellen Namen geben. Solange Novizenzeit ist, dürfen die Mentoren, die für die Aktivitäten zuständig sind, nicht mit Novizen schlafen. Damit keiner die Frischlinge ausnutzt. Damit das Ganze nicht aus dem Ruder läuft.

Gleich am ersten Abend in einem Studentenclub nimmt einer der Mentoren meine Hand und zieht mich von der Tanzfläche weg nach draußen. Wir legen uns ins Gras und knutschen, und im nächsten Moment hat er ein Taxi gerufen.

Ich sei so eine, in die er sich verlieben könne, sagt er. Was offenkundig gelogen ist, und ich wundere mich ein bisschen, dass er anscheinend glaubt, so etwas sagen zu müssen, nur weil wir gleich Sex haben werden. Als wollten wir es nicht beide.

Wir fahren zu ihm, und während wir vögeln, schiebt er mir einen Finger so hart in den Hintern, dass am nächsten Morgen Blut auf dem Klopapier ist. Ich komme.

Während ich mich wieder anziehe, mustere ich diesen freiwilligen Schlipsträger und künftigen Unternehmensjuristen mit der teuren Wohnung im richtigen Viertel – der für Sex Phrasen drischt –, und mit einem Mal dämmert mir, dass es mir leichter fällt zu kommen, je weniger ich mich zu meinem Sexpartner hingezogen fühle. Darüber will ich gerade nicht weiter nachdenken, also bedanke ich mich und gehe nach Hause.

Ich stehe in Unterwäsche und mit einem Handtuch um den Kopf vor dem Spiegel. Begutachte mich in der unbequemen schwarzen Spitze und schlüpfe in mein neues Kleid. Auch wenn das Gelage an jedwedem Abend und unter jedwedem Motto exakt gleich verläuft, muss man sich dafür hier und da herausputzen, so ist es Tradition.

Ich überlege, ob der BH zu dem neuen Kleid passt. Ob meine Brüste zu dem neuen Kleid passen. Ob es nicht vulgär aussieht. Frage mich, ob mein Hintern für das Kleid nicht zu flach ist. Ob er darin unsexy aussieht.

Hintern sind das Ding der Stunde, kein Mensch interessiert sich mehr für Brüste. Diese verdammte Popkultur hat kaum merklich und doch schmerzhaft schnell einen neuen Kurs eingeschlagen. Auf hohe Taillen und knappe Shorts. Auf Sideboobs und solche, die keine BHs brauchen. Auf flachbrüstige Pornodarstellerinnen und auf Analsex. Auf 08/15-Twerking und Typen, die sich selbst als »arschfixiert« bezeichnen. Und jetzt steh ich da mit meinen Rückenschmerzen und den teuren BHs. Mit meinem flachen Hintern und der allgegenwärtigen Mahnung im Ohr, besser allmählich Squats zu machen.

Das Kleid muss reichen, heute Abend kann ich ohnehin nichts mehr tun.

Nr. 8

Ruck, zuck ist die Novizenzeit vorbei, und ich sitze betrunken auf der Treppe vor einer Wohnung in Lund, in der ein paar Mentoren gefeiert haben. Neben mir sitzt der Nachbar meines Mentors. Die beiden scheinen eng befreundet zu sein, und ich darf bei dem Nachbarn übernachten, damit ich länger auf der Party bleiben kann. Es sind nur noch er und ich übrig, die anderen sind nach Hause gegangen.

Wir knutschen. Der Nachbar erzählt, dass er solo ist. Dass da zwar jemand ist, aber das ist nichts Festes. Wir machen weiter, und es dauert nicht lang, bis wir in sein Zimmer verschwinden. Sein Body ist hässlich, aber der Schwanz ist fantastisch. So fantastisch, dass wir ein paar Wochen darauf erneut im Bett landen.

Dann war's das, weil ich einige Zeit später eine Bekannte treffe. Wie üblich in Lund sind wir sofort beste Freunde, laden uns gegenseitig auf Shots ein und reden über unser Sexleben. Wie sich herausstellt, haben wir beide mit Nr. 8 geschlafen.

Sie lacht und erwähnt noch, dass es schon ziemlich lang her ist und er inzwischen mit ihrer besten Freundin zusammen ist. Ich frage, wie lang die beiden schon zusammen sind, und sie antwortet: Vielleicht ein halbes Jahr? Ich überschlage es kurz im Kopf, aber wie oft ich auch nachrechne, es bleibt dabei: Sechs Monate sind mehr als drei Monate, was nur bedeutet, wenn ein Typ sagt, er hat »was am Laufen«, dann heißt das im Klartext »eine Freundin, die besser nicht erfahren sollte, was wir gleich tun«.

Ich überlege kurz, ob ich mich wirklich einmischen soll. Denke kurz, dass es mich nichts angeht. Dann denke ich an die Freundin. Und daran, wie ätzend ich mich gefühlt habe, als ich neben der Freundin des Betreuers stand, und was sie im Nachhinein von mir gehalten haben muss. Ich muss an den Typen mit der schwangeren Freundin denken.

Ich erzähle es ihr, und meine neue Freundin ist zwar schockiert, aber – typisch im Suff – fest entschlossen, sich um die Sache zu kümmern. Dann höre ich nichts mehr, bis ich ihn das nächste Mal treffe. Er ist betrunken, und es ist Valentinstag. Ich frage ihn, wie es mit der Freundin läuft, und er erzählt mir, dass sie verreist ist. Ich frage ihn, ob ich die Erste war, mit der er sie betrogen hat, und er sagt Nein. Dass er noch mit diversen anderen geschlafen hat. Er lacht gekünstelt, als müsste ich jetzt beeindruckt sein.

Später am Abend kommt er auf mich zu, während ich gerade mit einer Freundin zusammenstehe, und fragt, ob ich mit ihm heimspazieren will. Er soll doch zu seiner Freundin spazieren, erwidere ich. So hat er es nicht gemeint, sagt er. Wir wissen beide, dass er es so gemeint hat.

Einige Zeit später bekomme ich eine Facebook-Nachricht. Von seiner Freundin. In den ersten Zeilen schreibt sie, dass »wir anscheinend etwas gemeinsam« haben. Dann schreibt sie noch, dass er ihr erzählt hat, zwischen uns sei mal was gewesen, und sie will, dass ich ihr ein paar Sachen bestätige. Am Ende wünscht sie mir noch fröhliche Ostern. Ich antworte nicht. Weiß nicht, ob ich sollte.

Ein, zwei Tage später schreibt er. Dass er ein Mistkerl war. Dass sie die Frau ist, mit der er Kinder haben will. Dass das

Ganze bescheuert war. Dass er mich hinsichtlich der diversen anderen belogen hat und der Alkohol daran schuld war. Er beteuert, dass sie sein Ein und Alles ist.

Die Nachricht endet mit der Bitte, ich möge ihr bestätigen, dass wir nur ein einziges Mal miteinander geschlafen haben, weil er ihr genau das erzählt hat.

Ich antworte weder ihr noch ihm. Aber ich denke darüber nach. Habe ein schlechtes Gewissen, weil ich eine Beziehung zerstört habe. Überlege kurz, für ihn zu lügen. Quasi als Pflaster auf die Wunde. Vielleicht bereut er es ja wirklich. Vielleicht ist es jetzt meine Schuld, dass sie nie Kinder zusammen bekommen. Vielleicht habe ich mich zu weit aus dem Fenster gelehnt. Oder vielleicht sollte ich ihr einfach alles erzählen, damit sie das Arschloch in die Wüste schicken und mit ihrem Leben weitermachen kann.

Ich denke so lange darüber nach, bis ich eine weitere Nachricht bekomme. Sie schreibt: »Hey, du brauchst nicht mehr zu antworten, danke.«

Nr. 9

Ich bin auf einem Wohnheimfest, und in einem der Zimmer entdecke ich Nr. 8 und seine Freundin. Es ist jetzt rund drei Monate her, dass sie mir geschrieben hat. Anscheinend sind sie noch zusammen. Ich frage mich, was genau sie weiß und was sie dabei empfindet.

Ich stehle mich davon und muss erst mal mehrere Zigaretten hintereinander rauchen, um mein schlechtes Gewissen zu beruhigen. Ein Typ stellt sich neben mich und zündet sich ebenfalls eine Zigarette an. Er sieht niedlich aus, auf nicht unbedingt unvergessliche Art. Es ist noch zu früh, um nach Hause zu fahren und schlafen zu gehen. »Hey, ich find dich süß«, sage ich. Wir verbringen eine Weile miteinander und mit einem uninteressanten Gespräch, das nur in diesem nächtlichen Vakuum existieren kann. Es hätten gar keine wirklichen Sätze sein müssen. Es hätte auch nicht er sein müssen.

Als ich am Morgen aufwache, liegt er neben mir. Die Decke ist vom Bett gerutscht. Der Anblick seines nackten Bauchs und des schlaffen Schwanzes ist mir peinlich. Das hier passt irgendwie nicht mehr. Gestern ist Geschichte und damit auch meine Fähigkeit, seinen Körper und das hier, was immer es ist, wertzuschätzen.

Vorsichtig steige ich über seine nackten Beine hinweg und suche hektisch nach meinem Slip, nach Strumpfhose, Kleid, BH. Ziehe mich in Windeseile an und werfe ihm immer wieder verstohlene Blicke zu, nicht dass er noch aufwacht. Bitte, ich will jetzt nicht reden müssen.

Ich nehme die Schuhe in die Hand und schlüpfe durch die Tür. Keine Ahnung, ob er wach war und nur so getan hat, als würde er schlafen, aber es ist mir auch egal.

Nr. 10

Wenn Lund ein Spielplatz ist, dann sind die Studentenclubs die Büsche drum herum, in denen die Teenager stehen und heimlich rauchen. Ein paarmal helfe ich an der Bar in einem Club aus, der von sich behauptet, hier sei »Musik echt wichtig«. Ich freunde mich mit ein paar Leuten an, werde in der Schlange durchgewinkt und betrachte den Club bald als mein Wohnzimmer.

Wir trinken Gold-Strike-Shots und Wodka Red Bull und tragen Wasserschlachten mit den Gratiswasserkaraffen aus, tanzen und feiern anschließend noch irgendwo weiter bis acht Uhr morgens. Wir kiffen, legen Musik auf, verlieben uns, streiten und haben Sex. Hin und wieder blitzt es dort flittergolden auf wie in den Gold Strikes.

Ich stehe direkt vor der Bühne im Clubraum und warte auf eine meiner schwedischen Lieblingsbands. Die Leute rennen uns die Bude ein, und das Ende der Schlange ist vom Eingang aus nicht zu erkennen.

Nach dem Konzert, als der Club schließt, stimmen wir ab, auf welchem Wohnheimflur weitergefeiert wird. Wir landen in einer verglasten Loggia, in der Flohmarktsofas mit Brandlöchern stehen. Mitten in einer quälend typischen Studentendebatte über Lieblingsautoren stoßen die zwei Typen von der Band dazu.

Der eine setzt sich neben mich. Wir reden. Lang. Dann knutschen wir. Die Stimmung ist nicht wahnsinnig aufgeheizt, aber sehr, sehr nett. Jemand aus dem Flur hat ihm sein Zimmer zur Verfügung gestellt, und sobald der Student, bei dem er übernachten darf, den Schlüssel rausrückt, sieht der Typ mich an, und ich gehe ihm nach.

In dem Zimmer ist nirgends Platz, um sich zu setzen, außer auf dem Bett. Wir reden noch ein bisschen, gehen dann aber ziemlich schnell über zu Sex. Gutem Sex. Lustvollem Sex. Wir lachen viel.

Anschließend liegen wir nebeneinander. Sind beide sexmüde. Zutiefst falsche und doch in vielerlei Hinsicht echte Intimität. Es ist etwa fünf Uhr in der Nacht, und mein Handy klingelt. Was nicht weiter wild wäre, hätte ich nicht einen meiner Lieblingssongs als Klingelton und läge nicht ausgerechnet der Bassist dieses Liedes neben mir. Nackt stürze ich aus dem Bett, um das Handy aus meiner Handtasche zu wühlen. Um meine Eile zu rechtfertigen, gehe ich sofort ran, und am anderen Ende fragt eine sturzbetrunkene Freundin, ob die Party noch im Gange ist. Ich erwidere, dass ich gerade anderweitig beschäftigt bin, während ich gleichzeitig fieberhaft überlege, was ich tun kann, um nicht als Groupie dazustehen. Warum ich dann verdammt noch mal überhaupt rangegangen sei, blafft sie mich an und legt auf. Nervös drehe ich mich zu ihm um, aber er lacht nur, und kurz darauf schlafen wir ein.

Ein, zwei Stündchen später klingelt sein Handywecker, weil er irgendeinen Zug kriegen muss. Während wir uns anziehen, erklärt er mir ernsthaft, dass er mit der Tournee und der ganzen Reiserei ein echt hektisches Leben hat und sich deshalb nicht bei mir melden kann. Ich muss lachen. Was glaubt er denn, was ich glaube, was das hier war? Wir verlassen das Wohnheim, und an einer Kreuzung verabschieden wir uns. Ich umarme ihn und wünsche ihm noch ein schönes Leben.

Nachdem wir auseinandergegangen sind, frage ich mich, ob er jeder Frau, mit der er bei einem Touraufenthalt Sex hat, den gleichen Vortrag hält. Ich rufe meine Freundin an, um ihr zu erzählen, wobei sie mich mit ihrem Anruf unterbrochen hat, und von dem peinlichen Klingelton. Lachend gibt sie zurück, dass ich dann ja womöglich eine spezielle Die-Frau-ist-eventuell-besessen-von-mir-Ausrede von ihm zu hören gekriegt habe. Ich schlage die Hand vor den Mund, auch wenn ich allein bin, und hoffe, dass er zumindest den Sex gut fand.

Nr. 11

Wir sind uns beim Feiern ein paarmal begegnet. Eine Bekannte von mir hat mit ihm geschlafen und erzählt, dass es lausig war: Er sei ein göttlicher Küsser, habe aber einen kleinen Schwanz. Nachdem wir eine Zeit lang in einer Bar rumgemacht haben, fragt er, ob wir nicht zusammen heimgehen sollten. Ganz brav sage ich Nein. Dann macht die Bar zu, und er fragt noch einmal. Nett sage ich Nein. Er radelt ein Stück neben mir her und biegt auch nicht ab, wo er abbiegen müsste, sondern fährt mir hinterher. Von Fahrrad zu Fahrrad erkläre ich ihm, dass ich allein nach Hause fahren und nicht mit ihm schlafen will. Er lächelt nur, sagt aber nichts. Er radelt einfach weiter neben mir her, bis wir bei mir ankommen. Er will nicht allein schlafen, sagt er, und dass wir keinen Sex haben müssten, sondern einfach nur nebeneinander einschlafen könnten. Ich will nicht neben ihm schlafen, aber das Gefühl kenne ich gut, und als ich mein Fahrrad angeschlossen habe und er immer noch nicht verschwunden ist, darf er mit nach oben kommen.

Und weil er schon mal da ist, haben wir Sex. Bevor wir gleich beide einschlafen, sage ich zu ihm, dass ich früh aufstehen muss – nur damit er es sich nicht zu gemütlich macht. Damit er schnellstmöglich Leine zieht. Er nickt.

Ich begleite ihn nicht zur Tür, als er geht, und kaum dass die Tür ins Schloss gefallen ist, bin ich eingeschlafen.

Ich stehe im Eingangsbereich des Juridicums vor der Liste mit Klausurergebnissen. BA. Ich sehe meinen Namen, und ich sehe die Note. BA. Da ist Luft nach oben. AB, BA, B. So wird hier bewertet. Und neben meinem Namen steht nicht AB. Da steht BA.

Für das vorhersehbarste aller fleißigen Mädchen sind die Klausurnoten nur die Bestätigung dafür, dass meine heimlichste Befürchtung immer gestimmt hat: dass ich untalentiert bin. Uninteressant. Wertlos für die Welt. Der Kampf gegen die statistisch wahrscheinlichste Gewissheit – dass ich durchschnittlich sein könnte – hat mich immer motiviert. Im Grunde hatte ich nie Probleme, Bestnoten zustande zu bringen – bis jetzt. Jetzt bin ich durchschnittlich. Jetzt hab ich es schriftlich. Es steht in der Datenbank mit den Noten. Hatte ich meinen intellektuellen Peak allen Ernstes im fucking Gymnasium?

Meine Ängste waren schon in Ordnung, solange sie für mich Antriebskraft hin zu etwas Besserem waren. Aber der Antrieb ist hiermit dahin.

Nr. 12

Ich bin feiern: im größten und nichtssagendsten aller Studentenclubs in Lund. Er ist weder rechts noch links. Weder Koks noch Hasch. Bloß Leiber, die tanzen. Außer dem Typen, mit dem ich gerade tanze – sein Blick ist die pure Neugier. Er weiß nicht, wer ich bin. Ich weiß genau, wer er ist. Eine meiner Freundinnen war in der Oberstufe in ihn verknallt, sodass wir ihn nicht aus den Augen gelassen haben.

Ich wohne nach wie vor in Malmö, es ist schon spät, und ich weiß immer noch nicht, wo ich übernachten soll. Eine Möglichkeit wäre die Freundin, die hier im Wohnheim wohnt. Die Alternative wäre, mir eine Übernachtung zu ervögeln. Ich muss kurz daran denken, wie begeistert mein vierzehnjähriges Ich davon wäre. Wie ich damit vor ein paar Jahren hätte angeben können. Besser spät als nie, denke ich mir und erzähle ihm, dass ich keine Ahnung habe, wo ich heute Nacht schlafen soll. Er meint, ich kann bei ihm bleiben.

Auf seinem Balkon trinken wir noch ein paar Bier, bevor wir in sein Zimmer gehen. Ich lege mich in sein Bett, während er Kerzen anzündet und anfängt, mir den Rücken zu massieren. Vorsichtig macht er meinen BH auf und ist überhaupt sehr behutsam. Wahrscheinlich soll das romantisch sein. Irgendwann bin ich es leid und drehe mich um.

Wir haben Spaß miteinander, und als ich gehe, sagt er, dass ich gern wieder bei ihm übernachten darf. Dass er einen echt schönen Abend hatte. Ich bin ganz seiner Meinung und hoffe, dass er sich bei mir meldet.

Ein paar Monate später sehe ich ihn mit Freundin. Sie wird etwas haben, was ich nicht habe. Das haben wohl alle.

Nr. 13

Er ist kleiner als ich. Zu klein, würden meine Freunde sagen, aber wen kümmert das schon. Im Tod und in der Horizontalen sind wir alle gleich groß. Liebe mich. Oder fick mich zumindest.

Mit einem kleineren Mann zu schlafen kommt einem Putsch gegen etablierte Ansichten gleich, was Männlichkeit und was Weiblichkeit ausmacht, oder ist alternativ eine Folge des Umstands, dass ich mich an den einzigen Single auf einer Nachglühparty aus fünf Leuten drangehängt habe.

Unabhängig davon interessiert mich seine Körpergröße gerade nicht. Problematischer sind die Schweißtropfen, die sich auf seiner Stirn bilden, die Nase hinabrollen und im gleichmäßigen Takt auf meiner Brust landen. In den letzten langen Minuten, bevor er kommt, betrachte ich die Schweißtropfen als Unterhaltungsprogramm. Dann lässt er den Kopf auf meine Brüste fallen und fragt, ob es schön für mich war. Ich antworte mit Ja. Jetzt zu sagen, dass es echt witzlos war, wäre nur fies.

Bekomme eine SMS von Nr. 4, dem Stockholmer von Sida. Es ist sicher ein Jahr her, dass wir uns zuletzt gesehen haben, aber sein Schwanz ist immer noch der größte, der mir untergekommen ist. Ich bilde mir ein, er bedeutet mir nichts mehr. Nachdem wir einander upgedatet haben, was in unserem Leben seither passiert ist, lade ich ihn zu mir in meine neue Wohnung in Lund ein. Die haben mir meine Eltern gekauft. Abgesehen von einer Matratze und ein paar Lampen habe ich immer noch keine Möbel, aber die Küche funktioniert. Er kommt vorbei, wir kochen zusammen und hängen eine Weile rum.

Dann fangen wir an zu knutschen und landen im Bett. Er überlegt es sich anders, will nicht mehr. Ich frage ihn, ob er hier übernachten möchte, aber er möchte nicht. Obwohl er doch schon zu mir nach Hause gekommen ist, bin jetzt ich diejenige, die ihn anfleht zu bleiben. Aber das will er nicht.

Ich tue so, als wäre es mir egal. Wechsle das Thema. Wir unterhalten uns über andere Dinge. Über Liebe. Über Beziehungen. Er erzählt, dass er gern mal zurückweicht, sobald jemand an ihm Interesse zeigt, und gleichzeitig nicht widerstehen kann, genau das auszunutzen und mit den Gefühlen des anderen zu spielen.

Ich will wissen, ob das auch bei mir der Fall ist. Er verstummt. »Ein bisschen«, sagt er dann, »ein bisschen schon.«

Eine Freundin und ich sind per Interrail unterwegs. Wenn dir die Eltern eine Wohnung gekauft haben, ist es nicht ganz leicht, sich ins wahre Nudelfresser-Studentenleben einzufinden, darin sind wir uns einig. Wir müssen andernorts Freiheit schnuppern. Billiges Bier trinken. In fiesen Hostels wohnen. Rebellisch sein.

In Paris landen wir in einem Viertel, in dem wir uns angeblich besser nicht aufhalten sollten, in einer kleinen Bar mit Tanzfläche. Der Typ an der Tür heißt The Dog, und drinnen scheint lediglich Stammpublikum zu sitzen. So was ist spannend. Ich sage zu einer Frau, dass mir ihr traditionelles afrikanisches Gewand gefällt, und sie erzählt etwas, aber ich bin zu voll, um zuzuhören. Ich lade sie auf einen Drink ein. Ansonsten sind fast nur Männer da, und alle wollen mit meiner Freundin und mir tanzen. Wir stehen im Rampenlicht, werden stundenlang umhergewirbelt. Die Musik ist fantastisch, und wir lachen viel.

Als ein nicht ganz so fantastisches Lied läuft, gehe ich mir am Tresen ein Bier kaufen und sehe einen attraktiven Mann mit großen Augen und bekümmertem Gesichtsausdruck an der Wand auf einem Barhocker sitzen. Erst im Nachhinein fällt mir auf, dass er der einzige Weiße in der Bar ist und vielleicht deshalb diese Anziehungskraft auf mich hat. Die Erkenntnis ist mir unangenehm, und ich schiebe den Gedanken beiseite. Ich will ihn in ein Gespräch verwickeln, aber sein Blick ist unfokussiert, er antwortet zwar, aber distanziert. Nach einer Weile erzählt er, dass er Schlafstörungen hat und deshalb nächtelang hier sitzt. Von seinem Barhocker aus starrt er Nacht für Nacht die Leute auf der Tanzfläche an. Als ich ihn frage, ob er möchte, dass ich ihn in Ruhe lasse, sieht er mich verdutzt, aber irgendwie auch erleichtert an. Ich hab schon verstanden und gehe.

Mit einem anderen Typen tanze ich gerade zu »Blurred Lines«, als meine Freundin von einem Mann, der mit ihr tanzen wollte, mit einem Messer bedroht wird, weil sie nicht wollte. Überstürzt verlassen wir die Bar und nehmen ein Taxi. Es sei ein Parmesanmesser gewesen, sagt sie. Ich bin mir nicht sicher, ob das eine Rolle spielt.

Nr. 14

Ich werde Mentorin für die neuen Novizen, und die Autorität liegt mir. Mir wird Respekt entgegengebracht, weil ich das Heft in der Hand habe.

Wäre es nicht lustig, die Novizenzeitregel, die Sex zwischen Mentor und Novize untersagt, erneut zu brechen? Passend allemal.

Als die Novizenzeit sich dem Ende zuneigt, stresst es mich allmählich, dass ich immer noch niemanden aufgerissen habe, und ich mache beim Abschlussfest mit einem Novizen aus den Wirtschaftswissenschaften rum. Er ist nicht der Jackpot, muss aber reichen. Obwohl ich mich in diversen Ecken der altehrwürdigen Burg, in der das Fest stattfindet, stundenlang an ihn ranwerfe, ist um fünf vor zwei Schluss. Er sei zu voll, um mit mir heimzugehen, behauptet er, und ich werde sauer. Hätte auf jemand anderen setzen sollen.

Der Juranovize, mit dem er dort war, hat seine Nummer, und am folgenden Abend schreibe ich ihm eine Nachricht. Er ist in einem Club, ich fahre hin, und wir gehen miteinander heim. Er sieht verängstigt aus. Nervös. Zupft an seinem gebügelten Wirtschaftswissenschaftlerhemd und sucht nach Worten. Sagt, ich mache einen erfahrenen Eindruck. Er vermutet, dass ich doch bestimmt schon mit fünfzig Männern geschlafen habe. Und dass er gern mit mir schlafen würde, aber keinen hochkriegt.

Also liegen wir da. In meiner Wohnung, die immer noch

unmöbliert ist. Und reden stattdessen, über das Leben und die Liebe und Zukunftsträume, und nach ein paar Stunden hat er sich beruhigt. Und ist wie ausgewechselt. Wird vom neurotischen Jungen zum Tier. Er ist steinhart, triebgesteuert, manisch. Er fickt mir die Angst aus. Als er die Wohnung verlässt, ist es schon spät am Nachmittag, und die Matratze liegt vor der anderen Wand des leeren Zimmers.

Ich gehe auf den Balkon und atme tief ein. Genieße die Sonne, die kühle Luft und die Ruhe, die man verspürt, wenn aller Hunger gesättigt ist. Ich greife zum Handy und speichere seine Nummer für künftige Gelegenheiten ab.

Nr. 15–19

Die Jungs in Lund sind easy, unkompliziert. Ein Blick und die Frage, ob man eine zusammen rauchen will, genügen, um für ein paar Stunden das Wichtigste im Leben des anderen zu sein. Alle wohnen gleich um die Ecke. Einfachheit ist das Viagra des Alltags.

Ich hab den Verdacht, dass der Novize verknallt ist. Er fragt mich, ob wir daten wollen. Ich verstehe die Welt nicht mehr. Es ist doch bloß Sex, wir haben nichts gemeinsam. Oft weiß ich nicht einmal mehr, wie er heißt, und spreche ihn nur mit »Novize« an, trotzdem treffen wir uns gelegentlich. Meist auf dem Heimweg von einer Party.

Ein paar Wochen lang denke ich darüber nach und komme zu dem Schluss, dass es den Versuch womöglich wert ist. Dass ich ihm vielleicht eine Chance geben sollte. Dass wir vielleicht doch daten sollten. Ich rufe ihn an, und er erzählt mir, dass er jemanden kennengelernt hat. Ein, zwei Monate später haben wir trotzdem wieder Sex. Obwohl er die andere hat.

Während er in einer Donnerstagnacht neben mir liegt, nachdem er wieder mal in mir gekommen ist, nennt er mich Verführerin und lächelt, als er es sagt. Das erleichterte Lächeln von jemandem, dem ein schlechtes Gewissen fremd ist, obwohl er mitten in der Nacht bei einer Frau aufgetaucht ist, die nicht seine Freundin ist. Ich frage mich, was er von mir will.

Nichts, wie sich herausstellt. Weil er weiterhin mit ihr zusammen ist und jedes Mal, wenn ich ihm um fünf nach zwei texte, ob er noch vorbeikommen will, mit Nein antwortet. Keine Ahnung, was ich falsch gemacht habe.

»Come on. Please. Choke me with your big cock.«

Ich liege mit dem Laptop auf dem Bauch auf meinem Bett. Pornhub läuft im Inkognito-Modus. Ich brauche Pornos, um zu masturbieren, was beschissen ist, aber die Fantasie reicht nicht mehr aus.

Schaue mir den Clip fertig an und suche mir einen anderen. Es dauert, bis ich einen gefunden habe, der halbwegs okay ist. Ich will keine Orgasmen auf Kosten von jemandem, der Drogen nimmt, der von dem Filmchen nichts weiß oder dessen finanzielle Notlage dafür ausgenutzt wurde.

Ich fahre die übliche Strategie, als ich mich durch die Kategorien klicke: kein Amateurporno, um Rachefilmchen zu vermeiden. Keine Leute, die eine osteuropäische Sprache sprechen oder den entsprechenden Akzent haben. Lieber halte ich Ausschau nach amerikanischen Clips mit bekannten Pornodarstellern, die in der Branche allem Anschein nach gut verdient und Karriere gemacht haben.

Sobald ich sehe, dass eine Frau leidend oder stoned aussieht, während sie eine Ladung ins Gesicht kriegt, schalte ich ab und sehe mir stattdessen ein paar Hentais an. Die sind am sichersten und 100 Prozent cruelty-free. Bei Hentais kann ich mir Vergewaltigungsszenen ansehen, ohne das Gefühl zu haben, dass das grundverkehrt ist. Ohne mir um das Opfer Gedanken machen zu müssen. Dabei kommt schließlich niemand zu Schaden.

Er sieht unfassbar gut aus, auch wenn ich glaube, dass ich die Einzige bin, die so denkt.

Pigmentstörung an der Nase. Die Haut um seine Augen ist dunkler als der Rest. Als hätten die dunklen Pigmente dort länger haltgemacht, um auf Kummer hinzuweisen. Er ist mager. Man kann seine Rippen sehen. Er sei in jemanden verliebt, sagt er, deshalb könnten wir nicht miteinander schlafen.

Wir haben uns auf einer Party in Malmö kennengelernt. Er erzählt, dass er im vergangenen Jahr ausschließlich Marcel Proust gelesen hat, und mir schießt durch den Kopf, dass ich noch nie so wenig von einem Menschen wissen musste, um mich in ihn zu verlieben.

Wir liegen im Wohnzimmer. Mithilfe von Bücherregalen hat er versucht, sich in der Wohnung, die sie zu fünft bewohnen, ein privates Eckchen abzutrennen. Er ist dreißig Jahre alt. Hoffnungslos, versponnen, vom Leben enttäuscht und ein selbst ernannter Versager.

Ich bin zweiundzwanzig und fasziniert. Er scheint nicht in diese Welt zu passen. Ich will die Welt betreten, in der er heimisch ist.

Mich stört, dass wir alles machen außer Sex. Ich unternehme mehrere Vorstöße, aber er wird schlaff, sobald wir es auch nur versuchen, auch wenn wir einander zuvor stundenlang mit Zunge und Händen berührt haben. Wenn wir keinen Sex haben, dann zählt er nicht, finde ich, aber er muss zählen.

Er will mir nicht aus dem Kopf gehen, und zigmal tue ich so, als hätte ich den letzten Bus nach Lund verpasst, um mich in seine Bücherregalecke zurückzumogeln. Er lässt mich jedes Mal rein, aber interessiert ist er nie.

Einmal frage ich ihn, ob wir mal zusammen ein Bier trinken gehen wollen. Einmal sagt er Nein. Später erfahre ich von einem gemeinsamen Bekannten, dass er in eine andere Stadt gezogen ist. Wichtiger war ich für ihn also nicht.

Nr. 20 – 24

Ich frage, wovor sie Angst haben. Wen sie lieben. Wie das Verhältnis zu ihrer Familie ist. Wie ihre Kindheit war. Wofür sie sich schämen.

Sie erzählen von Ex-Freundinnen, die nicht mehr auf SMS antworten, von Freunden, die ihnen nicht zuhören, von Vätern, die kein Interesse zeigen. Von Mädchen, in die sie verliebt sind, und dass sie keine Ahnung haben, was diese eigentlich wollen (dabei ist total klar, was sie wollen). Sie erzählen vom Traum, Schriftsteller zu werden. Dass sie eigentlich einfach nur alles hinwerfen und durch Südostasien oder Lateinamerika tingeln wollen. Dass sie sich wünschen, sie könnten was mit Musik machen.

Mich fragen sie nie etwas. Ich höre mir ohne jedes Mitgefühl ihre Geschichten an. Je mehr nichtssagende Gedanken sie äußern, umso stärker wird meine Angst und übernimmt den Platz im Bett, sobald sie aufgestanden und gegangen sind.

Nr. 25

Auf der Dachterrasse vom Studentenclub entdecke ich einen von Amins alten Freunden. Wir sind uns schon früher ein paarmal auf Partys begegnet. Auch als es noch »ich und Amin« hieß. Jetzt heißt es »ich und niemand«. Ich spreche ihn an.

Keine Ahnung, wie es dazu kommt, aber auf einmal flirte ich mit ihm. Ich habe es mir wohl so angewöhnt. Und dass ein Freund von Amin mich haben will, gefällt mir. Dass dieser Typ sich schon länger die Finger nach mir geleckt haben könnte. Als wäre ich begehrenswert.

Ohne darüber nachzudenken, spiele ich weiter die Vorlaute, was Selbstsicherheit suggeriert, kombiniere das aber mit einem zugänglichen Gesichtsausdruck. Das Gespräch dümpelt routinemäßig weiter, und ich mache das Übliche: Ich bedenke seine Schuhe mit einem herablassenden Schmunzeln. Er beißt an und schmunzelt ebenfalls. Ich mag ihn nicht. Aber das ist egal. Als müsste ich zu Ende bringen, was ich angefangen habe. Als könnte ich jetzt doch nicht mehr die Reißleine ziehen. Als wäre irgendwas immer noch besser als ein leeres Bett.

Auf der Tanzfläche machen wir ein bisschen miteinander rum, aber das hat schnell ein Ende: Er fragt, ob er mich mit heimnehmen darf. Mir behagt die Frage nicht. Sie klingt, als hätte er sich soeben eine Nacht mit mir erkauft. Nun bin ich aber betrunken, und an sich ist er süß, und was wäre heute

Abend die Alternative? Es könnte nett werden. Er sieht mich erregt an. Ich sage Ja.

Auf dem Weg zu ihm versuche ich, ihn zu küssen, um mich davon zu überzeugen, dass ich das hier will. Er hält mich von sich weg. Wir gehen einen Umweg, weil Freunde von ihm im Nachtimbiss am Mårtenstorget sitzen und er nicht mit mir gesehen werden will.

Dann sind wir bei ihm und haben Sex. Er nimmt mich von hinten, damit die Anonymität ganz sicher gewahrt bleibt. Ich bin dafür nicht voll genug, glaube ich; normalerweise habe ich Sex in einer Art Nebel aus Erregtheit und Betrunkenheit, aber jetzt bin ich weder erregt und betrunken noch umnebelt. Hauptsächlich bin ich mir sehr, sehr bewusst, wo ich mich gerade befinde. Ich spüre, wie sein Schwanz in mich hinein- und wieder aus mir herausgleitet. Schön ist es nicht. Es tut auch nicht weh. Es ist einfach gar nichts. Das hier gibt mir gar nichts. Wir sind zwei austauschbare Körper in einer Einzimmerwohnung in Lund an einem Samstagabend, genau wie zig andere austauschbare Körper in einer schwedischen Studentenstadt, die in dieser Nacht Körperflüssigkeiten austauschen. Er hätte jeder sein können. Ich hätte jede sein können. Aber heute Nacht bin eben ich sein Spermabehältnis.

Ich weiß nicht, was ich tun soll. Kann ihn ja jetzt nicht bitten aufzuhören. Ich hab ihm mehr als deutlich zu verstehen gegeben, dass ich das hier will. Jetzt muss ich das Spielchen auch mitspielen. Ich bin selbst schuld, dass ich hier bin. Dass er mich auf diese Art fickt. Es musste sich ja beschissen anfühlen. Es ist aber auch nicht wahnsinnig anstrengend. Ich versuche, meinem Körper einzureden, dass das hier keine Rolle spielt, trotzdem sind mir seine Hände an meiner Hüfte unangenehm. Er kommt bestimmt bald. Hoffentlich geht es schnell. Ich stöhne ein bisschen, ohne dass es mit meinen Empfindungen zu tun hätte, nur damit er schneller fertig wird. Und das wird er. Wir schlafen ein.

Ein paar Stunden später wache ich in seiner unpersönlichen Bude auf. Nirgends Bücher oder Bilder. Ein paar Unitexte, nichts Individuelles. Ich drehe mich um und betrachte seinen nackten Rücken. Er war in der Sonne, Halsausschnitt und Ärmel zeichnen sich ab. Der Rücken widert mich an. Der sollte nicht da sein. Nackt. Sodass ich ihn jederzeit berühren könnte. Ich sollte kein Recht haben, ihn einfach berühren zu können. Und er. Er sollte kein Recht haben, mich einfach berühren zu können.

Während ich in seiner verdammten nichtssagenden Wohnung meine Sachen zusammenklaube, wacht er langsam auf, und während ich mich anziehe, redet er über Belanglosigkeiten. Obwohl er kein Recht haben sollte zuzusehen, wie ich mich anziehe. Und obwohl er mich doch sogar gevögelt hat, versuche ich, mich zu bedecken. Sobald ich angezogen bin, verschwinde ich aus seiner Wohnung.

Draußen auf der Straße stelle ich fest, dass ich ihm in der vergangenen Nacht Nacht auf dem Heimweg meine letzte Zigarette angeboten habe, und hasse ihn und mich selbst noch ein bisschen mehr. So sollte man keinen Sex haben. War das überhaupt Sex? Für ihn vielleicht, aber ich war einfach nur dabei. Hab es nicht genossen, hab mich nicht wohlgefühlt, hab mich schlecht gefühlt. Hab mich gefühlt, als hätte ich es seinetwegen gemacht. Nur seinetwegen. Warum sollte ich seinetwegen irgendwas machen? Was glaubt er, wer er ist? Warum hab ich nicht einfach Nein gesagt?

Zu Hause krame ich meine Reserveschachtel Zigaretten

aus dem Schrank und setze mich auf dem Balkon auf den Boden; vollständig möbliert ist die Wohnung immer noch nicht. Ich rauche wie eine Besessene. Warum hab ich nicht aufgehört, wenn ich doch nicht wollte?

Nr. 26

Er sieht mich aus freundlichen braunen Augen an und fragt, ob ich Feuer habe. Ich sitze auf der Dachterrasse des Studentenclubs in einer Ecke und rauche gerade eine komplette Schachtel Zigaretten.

Meine Freunde sind weitergezogen. Ohne mich, weil ich zu ihnen gesagt habe, dass ich nur noch fertig rauche und dann nach Hause gehe. Das war vor einer Stunde. Weder wollte ich weiterziehen, noch will ich nach Hause gehen oder bleiben, und so sitze ich jetzt hier. Und rauche. Hab schon eine Weile keinen Sex mehr gehabt. Statt mit jemandem heimzugehen, bin ich heim in die Leere gegangen, ins Nichts. Ich will solche Nächte nicht mehr, ich will wieder Sex haben.

Er raucht auf Lunge, um zu demonstrieren, dass er nicht nur hier und da auf Partys eine pafft. Er erzählt, dass er Literaturwissenschaft studiert. Dass er Lund für schwierig und oberflächlich hält. Und ich finde, dass er verletzlich wirkt. Einfühlsam. Das hier ist eindeutig ein Typ, mit dem ich Sex haben will.

Bei nächster Gelegenheit halte ich ihm mein Feuerzeug hin. Stelle sicher, dass sich unsere Hände berühren, als er sich die Kippe anzündet. Es geht ein bisschen Wind, und wir müssen uns nah zueinanderstellen, damit es funktioniert. Die Nähe macht mir zu schaffen, und ich brauche noch einen Drink, um für den nächsten Schritt gewappnet zu sein. Damit ich es nicht vermassele. Nachdem wir eine Weile geredet haben und ich das Gefühl habe, wir haben eine Ebene gefunden, frage ich, ob er kurz warten kann, weil ich mir noch ein Bier holen will. Er lächelt freundlich, und mir schießt durch den Kopf, dass ich mich mit ihm sicher fühlen könnte.

Am Tresen bestelle ich mir ein Bier und einen Shot und kippe beides in mich hinein. Die erwünschte Wirkung bleibt aus. Stattdessen lande ich auf Knien vor dem Kneipenklo und kotze reine Flüssigkeit aus. Anscheinend hab ich schon wieder vergessen, vorher etwas zu essen.

Ich wasche mir das Gesicht, so gut es geht, ohne mein Augen-Make-up zu ruinieren. Wische ein bisschen schwarze Mascara weg. Rücke meine Brüste zurecht, sodass der Ausschnitt aussieht, wie er aussehen soll. Fühle mich völlig klar im Kopf und kann wieder zu dem Punkt zurückkehren, an dem ich Sex haben will.

Bevor ich auf ihn zugehe, zünde ich mir eine Zigarette an, damit ich nicht nach Erbrochenem rieche. Er steht immer noch da, unterhält sich mit jemandem, unterbricht das Gespräch aber sofort, als er mich sieht. Er schlägt vor, dass wir ein Stück gehen, und wir verlassen die Location.

Nach einer halben Stunde sind wir bei ihm. Er gießt Rotwein in zwei Biergläser mit Falcon-Logo und erzählt mir, dass er riesige Angst vor dem Tod hat. Ich mag ihn und will, dass er mich ebenfalls mag. Als er aufs Klo verschwindet, schnappe ich mir die Weinflasche, ziehe meine Strumpfhose aus und lege mich ins Bett. Mit diesem Typen werde ich Sex haben wollen. Ich kann es spüren. Ich streichle mich ein bisschen, um in Stimmung zu kommen, und auch wenn es nicht richtig funktioniert, glaube ich, dass es schon werden wird, sobald er mich berührt.

Er legt sich neben mich und berührt meinen Oberschenkel. Er hat weiche Hände und ist sehr vorsichtig. Er scheint nicht mit vielen Frauen geschlafen zu haben, aber das ist okay, denn gleich will ich mit ihm schlafen.

Er gibt mir einen Kuss auf den Hals, und das mag ich, also versuche ich, mich an diesem Gefühl festzuhalten und darauf aufzubauen. Es liegt etwas in der Luft, also nehme ich seine Hand und führe sie an meinem Oberschenkel herauf. Ihm gefällt, dass ich die Initiative ergreife, und er reagiert, indem er mir den Slip auszieht und sich nach unten beugt. Ich halte ihn zurück. So weit sind wir noch nicht.

Stattdessen öffne ich seinen Gürtel und nehme seinen Schwanz in die Hand. Er ist begeistert, dass ich so direkt bin, und legt sich auf mich. Er ist nicht gerade leicht, aber seine Haut auf meiner fühlt sich gut an. Er fühlt sich gut an. Gleich. Während er meinen Hals küsst, befeuchte ich unauffällig meine Finger und fasse mich an, mache mich bereit. Ich ahne zwar, dass es nicht viel besser wird, aber jetzt ist es zu spät, um noch einen Rückzieher zu machen, und eigentlich will ich es ja. Ich packe seinen Schwanz und führe ihn in mich ein.

Mir gefällt, wie er mich ansieht. Wie er leicht unbeholfen versucht, meine Brüste zu streicheln, während er mich gleichzeitig fickt, und wie er ziemlich bald feststellt, dass er sich für eins von beiden entscheiden muss. Kurz darauf wird es schön. Oder zumindest völlig in Ordnung. Ich lege selbst Hand an und spüre zugleich seine Wärme und die Zweisamkeit. Nachdem er gekommen ist, nimmt er mich in die Arme, und ich schlafe so gut wie seit Monaten nicht mehr. Als ich seine Wohnung am Morgen verlasse, lechze ich schon nach dem nächsten Körper, neben dem ich schlafen will.

Nr. 27 – 29

Ich will befreit sein, aber es gelingt mir höchstens, ihrer und meiner Fantasievorstellung von einer befreiten Frau zu entsprechen; wenn sie mir nur irgendwas geben würden – eine originelle Idee, Neugierde, eine Perspektive. Dann würde es sich vielleicht nicht dermaßen abgestumpft anfühlen. Stattdessen reden sie über sich selbst und nehmen nur, statt zu geben. Meine Zeit. Meine Ratschläge. Mich.

Einer nach dem anderen steht auf und verschwindet durch die Tür. Ich bleibe liegen und vergesse ihre Namen, noch ehe die Wohnungstür wieder ins Schloss fällt. Nichts von alldem reicht aus, um es schönzureden. Es gibt keine Wahrheit, kein Gefühl. Keine Befreiung. Dass ich allein auf der Welt bin und keine Ahnung habe, wie ich daran etwas verändern könnte, ist die einzige Wahrheit, die ich in dem keuchenden, dürren angehenden Ingenieur mit dem fettigen Haar, der auf mir liegt, erkennen kann.

Ich bin in einem Studentenclub, den ich sonst eher nicht besuche; einer von denen, deren Namen man sofort wieder vergisst. Ich unterhalte mich mit einem Göteborger, der einen netten Eindruck macht. Er geht mit raus ins Raucherkabuff, obwohl er selbst nicht raucht. Ich rechne damit – und er bestimmt auch –, dass wir heute miteinander nach Hause gehen. Als wir wieder reingehen, treffen wir Freunde von mir. Im selben Moment sieht er mich nicht mehr. Er sieht nur noch meine Freundin. Meine irre attraktive Freundin, in die sich alle verlieben. Ich kriege BAs auf meine Klausuren. Habe Pech in der Liebe. Ich schaffe es nicht mal, an einem beliebigen Donnerstag in einem beliebigen Club einen verdammt beliebigen Göteborger abzuschleppen.

Die Panik lähmt mich. Als hätte sie sich wie dicke transparente Plastikfolie um mich gewickelt und klebte an mir. Als stünde etwas zwischen mir und der Welt. Als wären alle urplötzlich unschärfere Versionen ihrer selbst und als hörte ich meinen eigenen Atem lauter als die Musik. Es fällt mir zusehends schwer, Luft zu holen. Ich muss hier raus.

Ein Bekannter kommt auf mich zu, sagt, dass ich ziemlich betrunken aussehe und besser nach Hause gehen soll. Ich bin ziemlich betrunken, insofern hat er recht. Aber die Panik rührt von der Einsicht her, dass Amin eine Lüge war und ich um nichts in der Welt gesehen oder geliebt werden kann. Niemals.

Zurück in meiner Wohnung habe ich keinen Schimmer, wie ich heimgekommen bin. Die Angst hält mich wach, und ich schwitze, obwohl ich mich gar nicht rühre. Als ich irgendwann einschlafe, ist es die reine Erschöpfung.

Er sitzt mir gegenüber auf einem Stuhl. Ich sitze in einem Sessel. Das Zimmer ist riesig, hell, mit dünnen Gardinen. Gardinen sind wichtig, weil sie das große Fenster bedecken. Draußen laufen Studenten zwischen Hörsaal und Mensa hin und her, während wir hier drin besprechen, warum ich oft nicht mal mehr aus dem Bett komme.

Er sagt, dass er zwischen der lächelnden Person, die vor ihm sitzt, und der Person, die soeben den Depressionstest ausgefüllt hat, eine riesige Diskrepanz erkennt. Er sagt, dass ich nicht so zu tun brauche, als wäre ich glücklich, und dass ich auf seiner MADRS-Skala die höchste Punktzahl erzielt habe, die er in diesem Winter gesehen hat. Ich muss erst lachen und fange dann an zu heulen. Er sagt, da brauche ich nicht zu heulen. Und jetzt weiß ich beim besten Willen nicht mehr, was ich machen soll.

Ich schlendere quer durch den Lundagård zur Apotheke am Mårtenstorget. Auf dem Platz hab ich mir zigmal im Suff Fast Food besorgt. Ich komme am staatlichen Alkoholladen vorbei, vor dem ich immer samstags bis Viertel vor drei Schlange stehe. Am Coop, wo ich einkaufen gehe, wenn es günstig sein soll. Genau wie alle anderen Studenten in dieser Stadt. Nur dass die anderen nicht auf dem Weg zur Apotheke sind, um sich Antidepressiva zu holen.

Vor dem Tresen für die rezeptpflichtigen Medikamente hat sich eine Schlange gebildet. Ich frage mich, was die anderen hier machen. Womöglich sehen sie meinen müden Blick und mein bekümmertes Gesicht und denken sich: Was für eine Loserin. Oder vielleicht machen sie sich hauptsächlich Gedanken, dass wir anderen sehen könnten, was sie hier abholen.

Ich beobachte die Apotheker und überlege, wen von ihnen ich mir wünschen soll. Wer von ihnen soll der Erste sein, der erfährt, dass ich Pillen brauche gegen diese gestörte Art und Weise, wie ich die Welt betrachte? Nach zwanzig Minuten bangen Wartens schlägt die Nummernanzeige um auf die Achtundfünfzig, und ich lande vor einer jungen Frau, die mich anlächelt. Ich wühle in meiner Tasche nach meinem Ausweis. Als sie meine Daten in den Computer eingibt, lächelt sie immer noch und behandelt mich wie jemanden, der bloß Penicillin abholt. Echt nett. Sie empfiehlt mir noch

Fluortabletten gegen potenziell trockene Mundschleimhaut und teilt mir mit, dass eins der Medikamente nicht in Kombination mit Alkohol eingenommen werden darf.

Ich senke den Blick und weiß, dass man mir die Scham deutlich ansieht. Aber schön, dass sie so freundlich ist. Ich nehme meine Happy Pills entgegen und bezahle. Zu Hause studiere ich erst mal den Beipackzettel, und mein Dopaminspiegel ist vollends im Keller, als ich vom Risiko eines Komas und von unwillkürlicher Milchbildung erfahre.

Bei unserem zweiten Termin erklärt mir der Psychiater, dass er darüber nachdenkt, meine Dosierung zu erhöhen; das Einzige, was ich bislang verspürt habe, sind nämlich Nebenwirkungen und eine andere Art von Angst – und das ist nicht so toll. Hauptsächlich bin ich müde und fühle mich einsam.

Ich muss daran denken, wie Depressionen beschrieben werden. Ich kann darin nichts Romantisches erkennen. Keine poetische Pointe. Sie sind einfach nur grässlich.

Nr. 30

Hej, wie geht's? Lang ist's her! Lust auf ein Bierchen am Wochenende?

Erst kapiere ich gar nicht, von dem die SMS ist. Ich bin in einem Club und betrunken und hab zu der Nummer keinen Namen gespeichert, also muss ich erst in alten Nachrichten suchen. Es ist der Typ mit dem Telefonsex – der mit der schwangeren Freundin. Oder besser gesagt: mit der Freundin, die jetzt schon länger nicht mehr schwanger ist. Und wie ein kurzer Facebook-Check zeigt: die auch nicht mehr seine Freundin ist.

Ich bin mit Bekannten hier, wir haben getanzt, und wie üblich hab ich es übertrieben. Die anderen sehen immer noch aus wie aus dem Ei gepellt, alle wollten mit ihnen tanzen, mit mir will keiner tanzen, stattdessen hab ich mir ein Bier gekauft und mich damit bekleckert.

Ich gehe nach draußen zum Rauchen, um ihm zu antworten, und binnen zwei Zigarettenlängen schlägt die Konversation um: von zurückhaltend zu explizit. Er fühlt sich sehr zu mir hingezogen, und ich bin erleichtert. Er fragt, ob ich noch vorbeikommen will. Das Kind ist zurzeit bei der Mutter. Er sitzt auf der Couch und trinkt Whisky und hätte gern Gesellschaft. Eigentlich habe ich keine Lust, aber meine Gesellschaft hat angedeutet, dass sie demnächst aufbrechen will, und ich kann noch nicht nach Hause gehen. Außerdem fühlt es sich an, als hätte ich ihm mit den Anspielungen in meinen SMS versprochen, dass wir Sex haben werden.

In seiner Wohnung stehen Kinderschuhe im Flur und ein Gitterbett. Für all das fühle ich mich zu jung.

Er führt mich ins Schlafzimmer, und ich hoffe, dass ich für ihn diejenige sein kann, die er in mir sehen will. Er fordert mich auf, mich auszuziehen. Ich bin betrunken und irgendwie verloren, da ist es schön, dass er mir klare Anweisungen gibt. Ich tue wie geheißen. Er zieht sein Shirt aus, und ich kann seinem Körper ansehen, dass er älter ist als ich. Als Nächstes fordert er mich auf, mit dem Gesicht zur Wand auf alle viere zu gehen und ihm meine Möse zu zeigen. Wieder tue ich wie geheißen. Ich kann hören, wie er sich hinter mir einen runterholt, und nehme es als Bestätigung: Ich bin sexy, so wie ich gerade bin.

Ich speichle mir die Finger ein und berühre mich selbst, damit ich feuchter bin, wenn er gleich Sex mit mir haben will. Ich will wirklich erregt sein. Ich weiß, dass er jemand ist, auf den ich früher mal scharf war.

Ich hoffe bloß, dass er mich nur von hinten nehmen will und nicht anders. Kurze Zeit später spüre ich, wie er auf der Matratze auf die Knie geht und in mich eindringt. Keine Ahnung, wie lang das so geht. Es fühlt sich lang an. Ich weiß ehrlich gesagt nicht, was ich hier mache. Er zieht sich aus mir zurück. An dem gebrauchten Kondom erkenne ich, dass er gekommen sein muss. Ich bin froh, dass er ein Kondom übergezogen hat und dass es so schnell bei ihm geklappt hat. Sperma ist positives Feedback.

Ich sehe mich in meiner Küche um. Die Wohnung ist zwar inzwischen möbliert, sieht aber scheiße aus.

Seit drei Monaten nehme ich Antidepressiva. Um mich herum liegen ein leerer Saftkarton, vertrocknete Orangenschalen, ein halb aufgegessener Schokokuchen und schmutzige Teller mit Essensresten. Vor lauter Geschirr sieht man die Spüle nicht mehr. Sogar auf dem Boden steht welches. Und auf dem Küchentisch. Der Herd ist schmierig, und darauf steht der Topf, in dem ich – ohne dass ich ihn zwischendurch je spüle – Nudeln koche: das Einzige, wozu ich mich aufraffen kann. Ich hab kein Hungergefühl, aber binnen drei Monaten zehn Kilo zugelegt. Auf dem Bettlaken ist ein großer Menstruationsfleck. Am Boden liegen Klamotten, die ich anprobiert oder getragen habe, zwischen und inmitten von Staubflusen. Eine leere Pringles-Verpackung ist unters Sofa gerollt und eine weitere – mit einer anderen Geschmacksrichtung – unter den Couchtisch. Im Papierkorb häufen sich leere Zigarettenschachteln und Küchenpapier. Allerdings nicht von Tränen. Ich weine nicht mehr.

Auf dem Balkon steht ein Einmachglas voller Kippen. Das Klo ist streifig. Das Waschbecken strotzt vor Dreck. Überall liegen mascaraschwarze Wattestäbchen und -bäusche herum. In der Dusche sammeln sich Haare im Abfluss.

Im Flur stapeln sich Zeitungen, die ich eigentlich abzubestellen versucht habe. Auf meinem Computerbildschirm sind seltsame Flecken – ich glaube, vom Zigarettenrauch. Mein Wäschekorb quillt über, und ich weiß nicht mehr, wann ich zuletzt geduscht habe.

Jeden Tag nehme ich mir vor zu putzen. Den Scheiß endlich anzugehen. Ich finde den Anblick meiner Wohnung nämlich trotz allem grässlich. Kleines privilegiertes Schwein, das seine Wohnung verdrecken lässt, die ihm die Eltern für teuer Geld gekauft haben.

Jeder Morgen/Nachmittag fängt damit an, dass ich im Bett liegen bleibe und mir irgendeinen beknackten Film oder eine Serie ansehe, die meine Gedanken vertreibt, bis es Abend wird. Ich gehe kaum raus, weil es sich anfühlt, als würden sich die Leute vor mir ekeln. Ich befürchte, dass sie die Straßenseite wechseln, wenn sie mich sehen. Sofern ich es überhaupt schaffe, das Haus zu verlassen, dann erst, wenn es dunkel ist und ich Chips oder Zigaretten kaufen gehe. Oder ausgehe und mich betrinke.

Oft sind die Zigaretten das Einzige am Tag, worauf ich mich freue. Ich mag das Geräusch, wenn sich das Gift knisternd hinab in die Lunge arbeitet. Ich mag das Gefühl, dass mir das schadet. Dass es mein Leben verkürzt. Täglicher Selbstmord light, schenkt Ruhe und Frieden. Anders wäre es schwerer erträglich.

Wenn nicht der angstdämpfende Effekt von Alkohol, Essen und Kippen wäre und wenn mich die Panik vor dem Versagen nicht in die Vorlesungen und Seminare nötigte, würde ich die Wohnung gar nicht mehr verlassen. Nicht, dass dieses Konzept überzeugend wäre. Aber es ist eine Überlebensstrategie. Schwer zu entscheiden, wo man anfangen soll, wenn sogar die eigenen vier Wände traurig sind.

In der Vorlesung geht es um Einkommensteuerrecht. Wir sind vielleicht vierzig Jurastudenten. Ich weine. Ich wünschte, ich könnte wenigstens hoffen, dass es niemand bemerkt – aber nicht mal darüber kann ich mir noch Gedanken machen. In der Pause gehe ich wieder nach Hause. Auch heute hat es nicht funktioniert.

Eine Freundin von mir empfiehlt Sport: Das helfe gegen Depressionen. Sie behauptet, dass ich mich nur raustrauen und mich bewegen muss. Ich versuche es. Fitnessstudio wäre undenkbar. So lang kann ich ohne Ablenkung nicht mit meinen Gedanken allein sein. Ich kann kaum duschen, weil ich mit meinem Kopf so lang nicht allein sein kann.

Ich melde mich für einen Kurs in Afrodance an. Tanzen mag ich immerhin, und vielleicht hört sie dann auf zu nerven. Vielleicht hat sie sogar recht.

Als ich den Raum betrete, ist da außer mir eine Clique blutjunger Wirtschaftswissenschaftlerinnen in teuren Sport-Outfits. Ich selbst trage Jogginghose und ein ausgewaschenes T-Shirt. Ich bin einen Kopf größer und anderthalb Mal so breit wie sie. Dann geht es los.

Mit jedem Schritt wächst die Angst, und als ich bei einer Schrittfolge in das Mädchen hinter mir krache, hab ich plötzlich das Gefühl, dass ich nur aus meinem Fett bestehe. Der Selbsthass breitet sich von meinem Bauch in sämtliche Körperteile aus, die dicker sind als ihre. Die nicht normal sind. Als wir eine Trinkpause einlegen, stehle ich mich davon.

Den Rest des Abends verbringe ich Kette rauchend auf dem Balkon und fresse Chips.

Nr. 31

Fülle meine Leere aus.

Vor einer Kneipe in Malmö treffe ich Amin und seine neue Freundin. Ich falle ihm um den Hals und spüre den Hauch jener Sicherheit, die ich mal empfunden habe.

Ich fange an zu weinen. Ihm scheint es gut zu gehen, während ich Antidepressiva schlucke und wahllos Sex habe. Ich nehme Amin beiseite und versuche verzweifelt, ihm ein bisschen Geborgenheit abzuzwingen. Er fragt, was ich von ihm will. Ich antworte nicht, weil sich im selben Moment seine Freundin zu uns gesellt.

Sie erzählt mir, wie niedergeschlagen er war, nachdem ich mit ihm Schluss gemacht hatte. Und nennt mich selbstsüchtig. Sie sagt, ich hätte meine Chance gehabt.

Es fühlt sich an, als hätte ich nie auf irgendwas eine Chance gehabt.

Ich sitze auf dem Badezimmerboden. Ich muss mich an der Schüssel vor mir festklammern, um zwischen den Würgeattacken das Gleichgewicht zu halten. Draußen im Flur liegt ein halb vertilgtes McDonald's-Essen, es ist halb drei in der Nacht.

Ich war wieder im Studentenclub. Hab mich aufgerieben zwischen Tequila-Shots und jemandem, der mich nicht haben wollte. Hab's nach ein paar Bier noch mal versucht. Lief noch schlechter als zuvor. Bin nach Hause, ohne dass es jemand bemerkt hätte. Jetzt hab ich mich wieder eingekriegt – dank anhaltender Übelkeit.

Die Würgeattacken helfen, meine Gedanken zum Schweigen zu bringen. Ich kann im Moment gar nichts anderes tun, als mich darauf zu konzentrieren, wie ich genug Sauerstoff in meinen Kreislauf kriege. Ein Moment nur für mich selbst, ohne mein Hirn. Über der Kloschüssel.

Erst als ich nur noch mein eigenes ersticktes Würgen hören kann, werde ich vollends ruhig und komme mit der Einsamkeit einigermaßen klar.

Es ist die Nacht zum Dienstag, Viertel nach vier. Erstmals im Leben bin ich durch eine Prüfung gerasselt und hab mir vom Jurastudium eine Auszeit genommen. Neben mir liegt eine Großpackung Eldorado-Nachos. Ein Viertel davon hab ich schon in mich reingestopft. Ich starre den Computerbildschirm an. Habe mir seit dem Morgen Serien angesehen. Ekle mich, weil ich von den Albträumen, die mir die Antidepressiva bescheren, schweißüberströmt aufwache. Außerdem fühlt es sich beim Aufwachen an, als hätte ich kein Auge zugetan, deshalb mag ich mich gar nicht mehr hinlegen. Aber wach zu sein schaffe ich auch nicht mehr. Ich greife zum Handy. Scrolle durch meine Kontakte. Finde niemanden, bei dem ich mich melden könnte.

Meine Familie wohnt eine halbe Stunde entfernt. Niemand ist hier. Niemand ist gekommen, um mir zu helfen. Ich scrolle die Liste noch einmal durch. Niemand.

Während ich mir eine neue Zigarette an der letzten anzünde, dämmert mir, was es bedeutet, dass wir beim Sterben angeblich alle allein sind. Eigentlich sollte ich für diese Erkenntnis zu jung sein.

Ich frage mich das Gleiche, was mich auch schon der Psychiater gefragt hat, wenn auch in anderen Worten: warum ich noch nicht versucht habe, mich umzubringen.

Ich sitze in Deutschland in einer Kneipe mit meinen neuen Kommilitonen. Nach einem Semester Auszeit vom Jurastudium und täglich Pillen hat mein Gehirn wieder angefangen zu funktionieren. Erst wurde es einfacher aufzustehen; dann fing ich an, mir etwas zu kochen und öfter zu duschen und immer häufiger freiwillig vor die Tür zu gehen. Ins Juridicum zurückzukehren war trotzdem unmöglich. Stattdessen habe ich meine Wohnung vermietet, mich für ein Auslandsjahr entschieden und will hier in Deutschland die Depression vollständig hinter mir lassen.

Neben mir sitzt ein ungepflegter Kroate und erzählt mir von Tinder. Das Ganze kommt mir irgendwie lächerlich vor, andererseits bin ich Austauschstudentin, und als solche ist mein Wert – der von Haus aus gering ist – quasi nicht existent.

Eine Woche darauf hab ich ein Date mit einem Typen, der auf seinem Foto eindeutig besser aussah. Was ich für ein rein intellektuelles Interesse an Geschichte gehalten habe, entpuppt sich als Besessenheit – auch für Waffen aus dem Ersten Weltkrieg. Gegen Ende des Dates fragt er mich, ob ich auf einen Tee mit zu ihm kommen und mir seine Sammlung ansehen will. Ich sage Nein.

Er fragt, ob er mir einen Kuss geben darf, und ich denke mir, besser wird's ohnehin nicht mehr, und dass ich bereits zu Sex und Tee Nein gesagt habe. Also knutschen wir, und ich bin überrascht und beeindruckt, wie gut er küssen kann.

Als wir aufhören, sagt er, dass er noch nie eine Jüdin geküsst hat, als wäre dies das schönste Kompliment überhaupt, und ich will nur noch weg, bevor er mir noch einen Lappen mit Chloroform ins Gesicht drückt.

Nr. 32

Ich liege rücklings auf einem Balkonboden und bin bis auf einen kurzen schwarzen Faltenrock nackt. Ein italienischer Austauschstudent kniet zwischen meinen angewinkelten Beinen. Er studiert Geografie und ist ebenfalls nackt – bis auf sein T-Shirt.

Als er sich gerade ein Kondom übergestreift hat, geht wenige Meter weiter eine Balkontür auf, und mir wird schlagartig klar, dass sich mehrere Nachbarn den Balkon teilen. Eine junge Frau streckt den Kopf heraus und bittet uns in gebrochenem Englisch, leise zu sein. Wir erstarren – in der Pose einer obszönen Skulptur. Der Italiener zwischen meinen Beinen bittet die Nachbarin durch zusammengebissene Zähne, wieder nach drinnen zu gehen. Sie kommt auf den Balkon.

Ich hab mir den Arm über die Brüste gelegt. Sie tritt auf mich zu, beugt sich runter und will mir die Hand geben: »Nice to meet you.« Ich strecke ihr die freie Hand entgegen, die eben erst den jetzt kondombekleideten Schwanz umfasst hat, den mein schwarzer Rock gerade so bedeckt.

Die Frau wiederholt auf Englisch mit starkem deutschem Akzent, dass wir doch etwas leiser sein sollen. Er bittet sie höflich, Leine zu ziehen.

Die Balkonsexstimmung ist im Eimer, wir gehen rein und haben stattdessen Sex in seinem Bett. Der Italiener erzählt, dass seine Nachbarin richtig schlecht sieht und ihre Brille nicht aufhatte. Angesichts der Absurdität müssen wir beide lachen. Anschließend vögelt er mich – mucksmäuschenstill und mit hoch konzentriertem Gesichtsausdruck.

Nr. 33

Tinder. Wie Streichhölzer für einen Pyromanen. Seit meinem letzten Tinder-Date versuche ich, verantwortungsvoller zu sein. Ein Typ lädt mich quasi in derselben Sekunde, in der wir matchen, zu sich nach Hause ein, und ich entgegne, wir sollten uns vielleicht erst mal an einem öffentlichen Ort treffen.

Er sagt, ich soll Kik runterladen, weil sein Tinder zickt. Meins manchmal auch, also downloade ich seine App. Als Nächstes schlägt er eine Bar in seinem Viertel vor. Ich nehme an, das zählt als öffentlich, und fahre mit dem Rad hin.

Er wartet vor der Tür. Es ist Montag, und natürlich ist heute Ruhetag. Wir sind ein gutes Stück außerhalb der Innenstadt, und es regnet. Wir probieren es in einem anderen Lokal, das aber voll besetzt ist. Er sagt wieder, wir könnten zu ihm gehen. Er verspricht, dass er mich auch nicht umbringen wird, und wir lachen beide, als wäre das lustig, obwohl genau das der Grund war, warum ich nicht zu ihm nach Hause wollte. Wir gehen zu ihm.

Er mischt ein paar starke Drinks mit Rum, und wir spielen Billard. Er fragt mit einem schelmischen Lächeln, ob wir Strip-Billard spielen sollen, aber ich bin nicht annähernd betrunken und lache nur und tue so, als hätte ich nicht begriffen, dass er keinen Scherz gemacht hat.

Anscheinend ist er ein verhältnismäßig unbekannter Deutschrapper. Sein Künstlername ist eine bescheuerte

Schreibweise seines echten Namens. Sein Schlafzimmer will er nicht herzeigen. Er erzählt irgendwas von seiner Schwester, die zu Besuch kommt, und dass er das Bett nicht noch mal neu beziehen will. Also haben wir gleich mehrmals Sex auf dem Wohnzimmersofa. Zwischendurch gehen wir auf den Balkon, rauchen und reden über Gott und die Welt. Er erzählt von Reisen und Musik und Freundschaften. Er scheint neugierig auf das Leben zu sein, und wir lachen viel. Vögeln viel.

Als ich auf die Toilette muss, entdecke ich eine Schachtel mit Mädchensachen: Haargummis und ein buntes Armband. Ich frage ihn danach, und er behauptet, dass es die Sachen seiner Schwester sind.

Er zeigt mir eins seiner Musikvideos, und ich muss lachen, auch wenn ich es als Neckerei verschleiere, weil ich ihn trotz allem mag und nicht vor den Kopf stoßen will.

Einmal, als wir draußen sind und rauchen, witzeln wir darüber, ob er wohl in einem Sexzimmer in der Wohnung BDSM-Utensilien versteckt hat. Als er das nächste Mal vom Klo zurückkommt, hat er eine Augenbinde in der Hand. Ich ziehe sie über, und er fängt an, meine Titten zu ficken. Ich fühle mich sexy.

Er muss mir die Augenbinde mehrmals zurechtrücken. Als sie mir wieder hochrutscht, erhasche ich einen Blick auf seinen seltsam angewinkelten Arm. Ich streife die Augenbinde ab und sehe, wie er auf mir sitzt: mit dem Schwanz zwischen meinen Brüsten und einem Handy in der Hand.

Ich weiß nicht, was ich sagen soll. Er sieht mich verlegen an. Sagt, dass das gerade supersexy war und das Handy in greifbarer Nähe. Dass er nicht widerstehen konnte. Ich bestehe darauf, dass er vor meinen Augen das Filmchen löscht.

Eigentlich müsste ich sein Handy jetzt auf den Boden schmettern. Eigentlich müsste ich mich jetzt anziehen, gehen und ihm die Tür ins Gesicht donnern. Der Rapperwichser hat mich ohne mein Wissen nackt gefilmt. Ich bleibe.

Er holt eine Decke, wir legen uns wieder aufs Sofa, und ich lasse zu, dass er mich löffelt. Er sagt halb lachend, halb besorgt, dass er jetzt bei meinen Freunden als der creepy Typ bekannt wird, der mich gefilmt hat. Ein bisschen später fügt er halb im Scherz hinzu: Schade um das Filmchen, es war echt sexy. Weil ich nicht weiß, wie ich sonst reagieren soll, lache ich. Dann schlafen wir ein.

Am nächsten Abend und in den folgenden zwei Wochen habe ich Einschlafschwierigkeiten. Was, wenn er noch eine Kopie des Filmchens hat? Was, wenn er mich schon bei einer früheren Gelegenheit gefilmt hatte? Ich texte ihm und frage, bekomme aber keine Antwort. Die Sorge setzt sich fest.

Ich schreibe mich für ein Seminar in internationalem Umweltrecht ein und lande gleich bei der ersten Vorlesung zwischen einem etwas älteren Belgier und Julia aus Spanien. Die Chemie stimmt sofort, und wir freunden uns an. Wir lernen zusammen, lachen über den heftigen deutschen Akzent des Dozenten und entdecken eine Bar, in der es dienstags Sekt für drei Euro gibt. Der Belgier und ich wechseln ziemlich oft Blicke, und obwohl wir zu dritt sind, unterhalten wir uns meist nur zu zweit. Und entwickeln eine Art Geheimsprache.

Der Belgier pendelt von auswärts zur Uni und muss im Hostel übernachten, wenn wir abends ausgehen und er nicht mehr heimfahren will. Manchmal, wenn wir zu viel getrunken haben, schlafen wir beide dort. Ich schlafe in seinen Armen, mehr passiert nie. Ich nehme an, weil wir im Hostel übernachten. Weil drum herum andere Leute sind. Aber ich rechne damit, dass es bald so weit ist.

Julia und ich sprechen darüber, als wir mal unter uns sind. Sie glaubt ebenfalls, dass es nicht mehr lang dauert.

An einem sonnigen Nachmittag sitzen wir draußen vor einer Kneipe und reden darüber, was wir nach unserem Auslandsjahr vorhaben. Der Belgier erzählt, dass er zuallererst für ein paar Wochen zu den Eltern seiner Freundin reisen will und dann weiter nach Südspanien. Julia und ich sehen uns an. Er verhält sich, als hätte er nicht gerade erst etwas komplett Erschütterndes gesagt. Ich hake nach – so beiläufig ich kann –, ob er denn eine Freundin hat, und er sagt verdutzt Ja. Als gehörte das zur Allgemeinbildung.

Mein Gehirn will es irgendwie nicht recht verarbeiten. Weshalb haben wir beide dann so viel Zeit miteinander verbracht? Wie konnten wir da nebeneinander schlafen? Warum hat er das nicht deutlicher gesagt? Ich hab schon verstanden, was er erzählt, aber irgendwie will die Info nicht ankommen.

Einige Tage später sind wir wieder unterwegs und trinken. Viel. Ich bin komplett orientierungslos. Hab das Gefühl, dass zwischen uns beiden etwas war, bis diese Freundin ins Spiel kam. Als wäre ich zuerst da gewesen.

Er hat in einem Viererzimmer eingecheckt. In zwei Betten liegen Fremde, im dritten ein Kumpel von ihm, im vierten er selbst. Ich und eine weitere Bekannte aus dem Seminar gehen mit. Ich bin betrunken, fühle mich betrogen und enttäuscht. Ich denke an die anderen Männer, die erwähnt haben, dass sie eine Freundin haben und doch wieder nicht, und weiß ehrlich nicht mehr, was ich denken soll. Ich frage mich, wie ich mich so irren konnte. Schon wieder. Ich will mich davon überzeugen, dass ich mich nicht geirrt habe. Ich frage ihn, ob er mit mir etwas anfangen würde, wenn er Single wäre, und er sagt: klar, nur dass ich »eine andere Liga« sei.

Ich berühre ihn am Hals, versuche, ihn zu küssen. Er flüstert: »Nicht.« Weicht vor mir zurück. Ich berühre ihn am Bauch. Er rührt sich nicht. Ich berühre ihn am Schwanz. Er wehrt sich nicht. Er ist hart. Ich mache weiter. Keine Ahnung, was ich da tue. Warum ich es tue. Es macht keinen Spaß, ihm anscheinend auch nicht. Nach einer Weile höre ich auf, weil er nicht weiter reagiert. Ich schäme mich.

Am Morgen eile ich durch die Lobby. Als die Person an der

Rezeption fragt, in welchem Zimmer ich geschlafen habe, antworte ich im Vorbeigehen und verschwinde. Er muss bestimmt ein Bußgeld zahlen, weil er jemand Unbefugten bei sich hat übernachten lassen.

Mir geht es beschissen, und ich lasse die Vorlesung sausen. Ich schreibe ihm und entschuldige mich. Er antwortet: »Alles gut.« Als wir uns das nächste Mal an der Uni sehen, ist es wie früher. Als wäre es nie passiert. Aber es ist passiert. Er wollte mich nicht, wollte aber meine Hände. Sein steifer Schwanz widert mich an, er widert mich an. Aber am meisten widere ich mich selbst an.

Die Angst lässt mich nicht los, und als ich drei Wochen lang nicht richtig schlafe, ist klar, dass ich wieder in der Falle sitze. Leistungsdruck, Einsamkeit und Alkohol haben dafür gesorgt, dass ich nicht mehr aus dem Bett komme. Dass ich nächtelang wach liege. Dass ich zu viel trinke. Eine Kippe nach der anderen rauche. Nicht mehr funktioniere.

Bis Semesterende ist es nur noch ein Monat, trotzdem mache ich einen Termin bei meinem Psychiater aus und fahre für ein paar Tage nach Hause.

Nach der einstündigen Sitzung verschreibt er mir ein angstdämpfendes Medikament, das ich bei Bedarf und bei Einschlafproblemen einnehmen soll. Wieder Antidepressiva. Diesmal andere. Weil die ersten so schlecht gewirkt haben. Er verschreibt mir Unmengen, damit sie für den Rest meines Auslandsjahrs reichen. Ich habe fest vor, wieder zurückzufahren, die letzten Klausuren zu schreiben und gesund zu werden, bevor das nächste Semester losgeht.

Nr. 34

Er weckt meine Neugier. Als wir anfangen, Nachrichten zu schreiben, ist nichts wie bei den anderen. Er schreibt Dinge, die mich berühren. Die mich zum Lachen bringen. Die mich nachdenklich machen. Mag sein, dass er hässlich ist (keine Ahnung, seine Fotos sind ziemlich verwackelt), aber er schreibt so, dass es echt klingt, und wir stehen seit dem ersten Abend, an dem wir gematcht haben, in ständigem Kontakt. Es kribbelt, wenn ich sehe, dass er zurückgeschrieben hat, und ich fühle mich, als wäre ich in ihn verliebt, auch wenn mir klar ist, dass das nicht sein kann, weil er bislang nur eine geschriebene Stimme ist.

Er sagt, dass er sich in mich verliebt hat. Zumindest so sehr, wie man sich schriftlich verlieben kann. Ich schlage vor, dass wir uns treffen. Er zögert. Dann nehme ich den Bus in die deutsche Kleinstadt, in der er wohnt. Konrad.

Ich trage ein grünes Kleid. Hab ein paar Freundinnen gefragt, was ich anziehen soll, und eine hat das Kleid empfohlen.

Sehr viel später erwähnt er, dass er hinter einem Baum gestanden und mich erst eine Weile beobachtet hat, bis er hervorkam. Um den allerletzten Augenblick auszukosten, in dem ich lediglich Wort war. Ein letzter Moment, in dem nichts zerstört und noch alles möglich war.

Als er mir entgegenkommt, beschleicht mich die Panik. Er sieht aus, als käme er von einem Rave: viel Orange, viel

Braun, viel Geschmacklosigkeit. Ich überlege schon, denselben Bus zurück zu nehmen.

Andererseits beruhigt mich seine Kleidung auch, als könnte dieses Date gar nicht misslingen. Ich nehme mir vor, einfach einen Spaziergang mit ihm zu machen, ihm ein Küsschen auf die Wange zu geben und wieder nach Hause zu fahren. Ein, zwei Stündchen oder so – was tut das zur Sache. Wir gehen spazieren. An einer Stadtmauer mit Wassergraben entlang, und er fängt an zu reden.

Von einem Cousin, der an Außerirdische glaubt und sich mit seiner Schildkröte unterhält. Von einer Affäre mit einer älteren Frau, die nie ihre Wohnung verlässt und die er über eine Anzeige in einer Lokalzeitung kennengelernt hat. Von dem Blumenladen, an dem wir vorbeikommen, und dessen Besitzer, der nonstop vor sich hin pfeift und nur aufmacht, wenn es ihm passt. Von dem älteren Typen in seiner Stammkneipe, der jeden Abend allein in der Ecke sitzt, ein Glas Sherry trinkt und auf Servietten und Bierdeckel Gedichte schreibt. Von dem Mann mit der schwarzen Sonnenbrille, der in einer anderen Ecke der Kneipe den Mittagstisch isst und der Frauen hasst, weil eine ihn mal betrogen hat. Von seinem guten Freund, der einen Club betreibt und allein im einzigen Luxusloft der Stadt wohnt und an den Wochenenden immer junge Frauen aufreißt.

Er redet von all den stumpfen Menschen, die diesen Ort am liebsten vergessen würden. Mit jedem Schritt, den wir machen, verschwinde ich zusehends in seiner Erzählung. In ihm.

Er zeigt auf eine Bank und sagt: »Setzen wir uns. Das wird das erste Mal, dass wir uns zusammensetzen.«

Diese Überromantisierung bringt mich zum Lachen, gleichzeitig bin ich verblüfft. Weil in der Übertreibung etwas unbegreiflich Wahrhaftes liegt. Als würde er derlei Erinnerungen tatsächlich sammeln. Als wäre es wirklich bedeutsam. Als wäre ich wirklich bedeutsam. Er hat eine Thermoskanne mit Tee dabei, und ich nehme einen Becher, obwohl ich keinen Tee mag.

Wir spazieren weiter. Er steuert seine Stammkneipe an, und ich spähe hinüber zu dem Dichter in der Ecke. Er sieht traurig aus, in sich gekehrt. Konrad legt einen Schein auf den Tresen. Wortlos gibt ihm der Barkeeper Wechselgeld für den Kippenautomaten. Er erzählt, dass der Barkeeper genau sehen kann, wann er kommt, um ein Bier zu trinken, und wann er nur Zigaretten braucht. Der Barkeeper sieht es ihm an der Haltung an. An den Bewegungen der Hand. So ist das irgendwann an Orten wie diesem.

Ich trinke nicht, weil ich diese starken neuen Antidepressiva nehme. Als wir einander geschrieben haben, hat er danach gefragt, und da hab ich ihn angelogen. Als er mich erneut fragt, lüge ich nicht.

»You should never lie about darkness.«

Er sagt das mit einer Ernsthaftigkeit, die mich umhaut. Als wäre es wichtiger als alles andere, bei so wesentlichen Themen wie Schmerz und Dunkelheit ehrlich zu sein. Ich kann ihm ansehen, dass er ehrlich ist. Oder dass er sich zumindest für ehrlich hält.

Als wir nebeneinander vor seiner Tür stehen bleiben, fragt er, wann ich mich nach seinem Ohr erkundigen will. Keine Ahnung, was er damit meint, doch dann schiebt er das zerzauste blonde Haar nach hinten, und mir dämmert, dass er es sich rechts nicht richtig hinters Ohr klemmen kann; so etwas nennt sich Mikrotie, erklärt er, eine angeborene Fehlbildung des äußeren Ohres.

»But don't worry. It's not genetic.«

Ich muss lachen. Als hätte ich mir im selben Moment schon Sorgen um unseren Nachwuchs gemacht. (Habe ich ja wohl nicht?)

Er zeigt mir seine Wohnung. Ich sehe mich um und frage mich, warum er nicht sauber gemacht hat, obwohl er doch wusste, dass er Besuch bekommen würde. Vom schmalen Flur aus kommt man nach rechts ins Wohn-Esszimmer: überall Bücher, Geschirr und überquellende Aschenbecher. In der Mitte steht ein großer Tisch voller Papierkram, Rechnungen, Take-away-Flyer und mit einer Schreibmaschine, einem Laptop und einem Schachspiel. Auf dem Laptop und auf der Schreibmaschine schreibe er. So sei er nun mal. Er schreibe, bereue es sofort wieder und verbrenne seine Texte. Verbrenne seine Gedanken und seine Hoffnungen. Und mir dämmert, dass er genau deshalb immer noch hier wohnt: um über das Sterben zu schreiben.

Er hat auch noch einen Nebenjob. Schreibt Webtexte für Homepages, die dann in der Google-Trefferliste nach oben wandern. Um seine Rechnungen zu bezahlen. Um sich Zigaretten und Alkohol leisten zu können. Mehr aber auch nicht.

Über einem durchgesessenen Sofa mit Tagesdecke hängt ein Poster mit einem Porträt. Ich frage ihn, wer das ist.

»Bukowski. It's Charles Bukowski. He's a great writer. A great one.«

Wir setzen uns aufs Sofa. Er trinkt Wein, ich rauche eine Zigarette. Es ist still hier, eine Außenwelt gibt es nicht. Wir befinden uns in einem Vakuum. Ich taste nach meiner Zigarettenschachtel und stelle fest, dass sie leer ist. Er sieht mich an, nimmt die Zigarette, die zwischen seinen Lippen klemmt, und führt sie an meinen Mund. Ich atme den Rauch ein. Ihn. Es fühlt sich an, als würde er meine Haut berühren. Als würden wir einander berühren. Als würden wir uns begegnen, indem ich einatme.

»Promise me you will never do that with anyone else. This is our thing now.«

Ich atme den Rauch aus und setze ein – wie ich glaube – nonchalantes Lächeln auf. Lache ein bisschen. In mir vermischt sich der Hohn angesichts seiner Geste mit Verblüffung, weil er ernsthaft zu glauben scheint, dass dieser Moment einzigartig ist. Ich verspreche ihm, und zwar mit mehr Aufrichtigkeit, als ich mir insgeheim eingestehen will, dass ich das nie mit einem anderen machen werde. Dass ich nie wieder etwas mit einem anderen mache. Er und ich auf dem Sofa. Ich mit seiner Zigarette zwischen seinen Fingern. Seine Finger und ich.

Je länger wir reden, umso mehr verflechten sich unsere Gedanken. Umso mehr entfernen wir uns vom jeweiligen Selbst und werden wir. Wir als Identität. Es fühlt sich an, als hätte jemand die Dunstabzugshaube in der Küche ausgestellt, nachdem sie mein Lebtag gelaufen war. Seelenvolle Stille. Der letzte Bus ist weg, und ich kann ihn jetzt nicht allein lassen.

Ich stehe auf und lege mich in seinem Schlafzimmer hin. Es ist voll mit Klamotten. Die riesige Matratze auf dem Boden nimmt den Großteil des Zimmers ein. Die Bettwäsche sieht aus, als hätte jemand das Bett gemacht, der nie sauber macht. Das Laken ist nicht glatt gezogen, und Decke und Kissen liegen nicht annähernd gerade.

Neben der Matratze türmen sich Bücher. Auf einem der Stapel liegen ein paar Selbstgedrehte, daneben ein voller Aschenbecher und ein paar alte Kaffeebecher. Er macht Musik an.

Ich höre die ersten Akkorde von »Sexual Healing« und muss laut lachen. Er kommt ins Zimmer, legt sich neben mich und fragt, was so komisch ist. Er soll mal hinhören, sage ich, und er springt sofort wieder auf: Das war irgendeine beliebige Playlist. Er stellt etwas anderes an. Ich sehe es ihm nach. Er kommt zurück und legt sich wieder hin.

Wir liegen einander gegenüber. Er sieht mir in die Augen, und ich frage mich, warum er mich noch nicht geküsst hat. Ich beuge mich zu ihm vor und schließe die Augen.

»Wait.«

Er sagt, dass das jetzt noch nicht passieren darf. Dass dies hier der letzte Moment ist, bis zu dem wir uns nicht geküsst haben, und wir müssen diesen Moment auskosten, bevor es so weit ist. Anschließend gibt es kein Zurück mehr.

Er verwirrt mich. Er ist das Gegenteil davon, wie unwichtig all dies hier sein müsste. Ein Tinder-Date. Ich fahre mit den Fingerspitzen über seinen Bauch, bis er sich nicht mehr beherrschen kann und mich endlich küsst. Er darf nicht herausfinden, dass man mir nicht zu lang in die Augen sehen darf, weil darin irgendwann nur noch Leere ist.

Ich bleibe über Nacht, dann noch eine.

Tags darauf sind wir zu Hause bei seinem verreisten Cousin, um die Schildkröte zu füttern. Ich schlafe in einem Sessel ein, während er das Futter zubereitet und den Käfig sauber macht. Als ich wieder aufwache, hat Konrad ein Gedicht über mich geschrieben, auf Deutsch, was aber keine Rolle spielt, weil ich es ohnehin nicht lesen darf.

Anschließend gehen wir zur Bushaltestelle, weil mir die Tageslinsen ausgegangen sind, die ich noch in meiner Tasche gefunden habe, und ich wieder in die Realität zurückkehren muss. Der Bus fährt vor, und wir tauschen Nummern, wechseln Blicke, teilen Gefühle und Hoffnungen. Wir wetten um eine Pizza, dass irgendein Fußballspiel irgendwie ausgeht. Damit wir einen Grund haben, uns wiederzusehen. Bevor ich einsteige, drückt er mir ein Gedicht in die Hand, das er aus einem seiner Gedichtbände gerissen hat. Das soll ich im Bus lesen. Das Gedicht handelt von Liebe und Sehnsucht.

Auch wenn mir die Klischeehaftigkeit der Geste bewusst ist, kommt er mir in seinen Handlungen zu ehrlich vor, als dass ich ihn als Poser abschreiben könnte. Ich stecke die Seite in mein Portemonnaie und glaube fest daran, dass ich sie mit mir herumtragen werde. Für immer.

Einige Tage später fahre ich wieder zu ihm, mit mehr Tageslinsen, Unterwäsche und einer Brille im Gepäck. Die Pizza geht auf mich, und ich ziehe bei ihm ein.

Sobald ich seine Haut spüre, taut die Depression an meinen Fingern, und ich fühle, wie ich ihn tatsächlich berühre. Seine Haut kommt mir wirklicher vor als alles, was ich je zuvor berührt habe. Als wären meine Finger eine Zungenspitze, die an einer Chilischote leckt. Es tut fast weh.

Ich vergesse sofort, mit welchen Worten, wann und wo wir uns erstmals gesagt haben, dass wir uns lieben, weil es sich anfühlt, als hätten wir es immer getan. Als wäre er immer die Ruhe und Gewissheit gewesen – ich immer schon seine und er immer schon meine.

Nach der vierten Nacht bei ihm wache ich auf und fange an zu weinen. Weil ich nicht damit klarkomme, dass er mich verlassen wird. Weil er nur noch nicht begriffen hat, wie wertlos ich bin. Weil wir nur einen Blick davon entfernt sind, dass er die Leere in mir erkennt. Dass ihm dämmern wird, dass man mich nicht lieben kann. Dass er sich bereits jetzt unwissentlich auf diese für uns unglückliche Erkenntnis zubewegt, tut weh. Er hat kein Mitleid mit mir. Er reagiert weder, indem er mich mit traurigem, ratlosem Blick ansieht, den Kopf an meine Schulter legt, mich distanziert umarmt, noch mit einem einfachen »Wird schon wieder werden«. Er ist nicht wie alle anderen. Er hört mir zu. Er nimmt mich ernst, ohne dass es gleich theatralisch wird. Er lässt mich weinen. Er lässt mich fühlen.

Er zündet sich eine Zigarette an und führt sie an meinen Mund. Ich nehme sie zwischen die Lippen. Atme ein. Den Rauch. Seine Ruhe. Die Geborgenheit. Seine Wärme. Ich höre auf zu weinen. Er ist der Erste, der mir ebenbürtig ist, was die Angst betrifft, und seine Küsse ersetzen meine Medikamente. Er heilt mich.

Er erzählt von seinen besten Freunden, die ich kennenlernen soll. Der eine ist der charismatische Clubbetreiber Mitte vierzig, der gern mit leicht bekleideten Models für seinen Club wirbt. Die andere ist eine vierundzwanzigjährige Bedienung, die auf mich still wirkt, vorsichtig, aber auch stark. Konrad meint, ich soll mich von dem Clubbetreiber nicht ins Bockshorn jagen lassen. Er sei sehr extrovertiert.

Als ich den Club betrete, kommt er gleich auf mich zu. Erst kapiere ich gar nicht, um wen es sich handelt. Er nimmt mich lang und fest in den Arm und sagt, dass ich noch viel schöner bin als auf dem Foto. Die Bedienung umarmt mich ebenfalls lang und sagt, dass sie schon viel Gutes von mir gehört hat.

Sie zückt eine Polaroidkamera und schießt das erste Foto von Konrad und mir. Der Clubbetreiber schnappt es sich und steckt es ein. Ein, zwei Stunden später frage ich ihn, ob ich es sehen kann. Dazu muss ich ihn abtasten, sagt er, und dass ich mit einem Lusttropfen rechnen muss. Er lacht. Ich lache. Dann nimmt er meine Hand und legt sie sich in den Schritt. Er ist auf dem besten Weg zu einem Ständer. Ich lache wieder, weil ich nicht weiß, wie ich sonst reagieren soll.

Ich mag die beiden. Sie sind anders als andere Leute, die ich bislang kennengelernt habe. Genau wie Konrad haben sie all die Persönlichkeitsmerkmale, die eine Figur in einer fiktiven Geschichte glaubwürdig, aber im echten Leben unrealistisch machen. Alle drei umgibt eine Aura der Trauer, die sie zusammenschweißt.

Nachdem wir uns an diesem Abend hingelegt haben, erzählt Konrad, dass sie sich schon ihr Leben lang kennen. Dass sie unzertrennlich sind. Dass sie eine Stütze füreinander sind. Ich will wissen, warum er nicht mit der Bedienung zusammen ist. Wenn sie doch so gute Freunde sind. Und ob sie je miteinander geschlafen haben. Sie ist immerhin sehr viel hübscher als ich.

Er lacht nur und sagt, dass das mit ihnen beiden nie funktionieren würde. Dass ihre Freundschaft dafür zu stark ist. Der Frage nach dem Sex weicht er aus. Insgeheim will ich, dass er Nein sagt, habe aber das Gefühl, dass ich nicht nachhaken sollte. Hat er die Frage überhört oder überhören wollen? Er sieht mich neckisch an, als würde ihn meine Unsicherheit amüsieren. Ich nehme an, dass sie ihm schmeichelt. Dabei will ich doch nur, dass er nur mich will.

Tags darauf texten sie einander, und er erzählt, dass sie gemeinsam Urlaubspläne schmieden. Ich frage mich, ob er mir damit sagen will, dass wir nicht exklusiv sind. Ob er mich eifersüchtig machen will. Ich glaube, ich bin paranoid. Ich frage, wohin die Reise gehen soll, und er sagt nur, sie wissen es noch nicht.

Wir liegen nebeneinander, und er fragt mich, ob ich seine Freundin sein will. Ich werde nervös und ziehe mir das Kissen übers Gesicht.

Eigentlich weiß ich doch, dass ich längst seine Freundin bin. Wir küssen uns lang und länger, und mit diesem Kuss besiegeln wir unseren Liebesschwur. In diesem Moment bin ich fest davon überzeugt, dass wir bis zum Tod zusammenbleiben.

Ich stehe auf und koche Kaffee, dann rauchen wir, streicheln einander über die nackte Haut und lesen Gedichte. Wir malen uns aus, wie wir von Land zu Land tingeln und hier und da einen Aushilfsjob annehmen, vögeln und übereinander Literatur zum Niederknien schreiben. Wie wir dafür sorgen, dass wir niemals ein Nine-to-five-Leben haben. Dass wir nie Teil des Systems zu sein brauchen. Dass wir einen Sohn bekommen.

Aber meine Träume und unsere Träume unterscheiden sich. Insgeheim will ich ein Nine-to-nine-Weltverbessererleben. In der Großstadt und in Hochgeschwindigkeit. Nur dass diese Träume für eine Parallelwelt gelten, in der mir meine Depression nicht täglich vor Augen führt, dass so ein Leben unmöglich ist. Stattdessen komme ich eben gerade so weit, wie meine schweren Gedanken es zulassen. Ich verharre an einem Punkt, der mich nicht an meine unerfüllten Ambitionen und gescheiterten Bemühungen erinnert. Ich bleibe genau hier, wo die Kapitulation in einen romantischen, nachsichtigen Schimmer getaucht wird. Vielleicht kann ich hier glücklich sein.

Ich setze die Medikamente ab, und wir fangen an, feiern zu gehen. Und er kann feiern. Und noch besser trinken. Er ist zu gut im Trinken. Zu gut in Dunkelheit. Ich ebenfalls.

Wir verstärken einander.

Ich liege im Bett und sehe Konrad an. Wir hatten gerade Sex. Mittelmäßigen, müden Sex. Er schläft ein. Ich stehe auf und gehe pinkeln. Ich setze mich auf den kalten Toilettensitz und starre die kaputte Dusche an. Frage mich, ob das jetzt so bleibt.

Mit sechzehn habe ich angefangen, die Pille zu nehmen. 0,15 Milligramm Levonorgestrel und 0,03 Milligramm Ethinylestradiol, einundzwanzig Tage im Monat, und das für rund zehn Jahre.

Was immer das heißt.

Was immer das mit mir gemacht hat.

Als ich wieder mal Antidepressiva nehmen sollte, beschloss ich, erst einmal selbst ins Gleichgewicht zu kommen. Ich setzte die Pille ab – keine Hormone mehr –, und so war ich gleichzeitig gezwungen, per Kondom zu verhüten, mich verantwortungsvoll zu verhalten und ein bisschen mehr an meine sexuelle Gesundheit zu denken. Rund einen Monat später lernte ich Konrad kennen. Bei unserem ersten, zweiten und dritten Mal benutzten wir Kondome. Beim vierten Mal erzählte er mir, dass er Schwierigkeiten habe, einen hochzukriegen. Wegen des Kondoms, meinte er, es gehe einfach nicht (mehr). Es fühle sich einfach nicht gut für ihn an. Also mussten wir auf andere Weise kommen.

Anfangs kam dieses Handicap einem sexy Spiel gleich, und unsere wechselseitige Anziehungskraft war unersättlich: Ich war für ihn etwas, was er nicht zur Gänze kriegen konnte, und nichts ist für ihn so begehrenswert wie das Unerreichbare.

Eines Abends, nachdem wir im Club gewesen waren und Shots und Bier getrunken hatten, waren wir schlichtweg zu betrunken und zu heiß aufeinander, sodass ich mich am Ende nicht mehr beherrschen konnte und einwilligte, und er zögerte keinen Moment.

Am nächsten Tag durften wir in die Apotheke spazieren und inmitten von alten Weibern mit abschätzigen Blicken die Pille danach kaufen gehen. Ich hatte am Morgen Stress gemacht und wollte so schnell wie möglich zur Apotheke, weil die Wirksamkeit der Pille danach mit der Zeit nachlässt. Konrad hingegen ließ sich Zeit mit dem Anziehen und mit seinem Kaffee: Eine Stunde mehr oder weniger spiele ja wohl keine Rolle. Ich schluckte die Tabletten und hoffte nur, dass meine Periode nicht komplett durcheinandergeraten würde.

Nur war das auf Dauer keine Lösung. Nach einer Weile versuchten wir es ab und zu mit Analsex. Damit es zur Penetration kam. Und mit Alkohol als einzigem Gleitmittel und Vorspiel. Oft entdeckte ich am nächsten Morgen Blut auf dem Klopapier. Wir lachten darüber. Dass es mal wieder wild gewesen war.

Ich kam mit Analsex nicht lange klar. Es war schön, manchmal sogar schöner als das meiste andere, bis es mit einem Mal sehr, sehr unangenehm wurde. Ich habe versucht, die Zähne zusammenzubeißen, wenn es unangenehm wurde, weil er Spaß haben sollte. Aber oft konnte ich es nicht lang ertragen. Dann bat ich ihn, langsamer zu machen und bald aufzuhören. Meist hörte er dann sofort auf. Manchmal mit einem tiefen Seufzer. Hin und wieder stieß er noch ein letztes Mal zu, ehe er sich zurückzog.

Nach ein paar Monaten mit Konrad machte ich einen Arzttermin aus, um mir die Kupferspirale legen zu lassen. Die war früher nur für Frauen gedacht, die schon entbunden hatten, und so richtig verstehe ich nicht, warum sie jetzt auf einmal auch für Kinderlose okay sein soll, aber die Kupferspirale schien mir die einzige Verhütungsmethode ohne Hormone zu sein.

Ein kleines ankerförmiges Kupfergebilde, das in die Gebärmutter eingesetzt wird. Damit es dort weniger einladend ist. Es tat höllisch weh, und einen kompletten Tag lang lag ich nur im Bett und hielt mir den Bauch. Als Nächstes hatte ich heftige Blutungen, die gar nicht mehr aufhören wollten, Regelschmerzen, Eisprungschmerzen, einen Pilz und Flecken auf der Kleidung. Pro Monat anderthalb Wochen Bauchschmerzen. Das sind aufs Jahr hochgerechnet ziemlich viele Wochen.

Als wir das erste Mal Sex hatten, nachdem ich mir die Spirale hatte legen lassen, war ich voller Hoffnung. Doch kaum hatten wir losgelegt, stieß Konrad mit dem Schwanz gegen die Kupferfäden. Er zuckte zusammen und entzog sich mir. Ihm war die Lust vergangen. Ich selbst fühlte mich hilflos. Wie eine schlechte Freundin, die nicht imstande war, eine komplikationslose, fickbare Möse bereitzustellen.

Ich ging also zurück zur Frauenärztin. Bat sie, die Fäden zu kappen. Wieder Behandlungsstuhl, wieder sterile Medizinerfinger an meiner Gebärmutter. Dann war ich so weit. Bereit, penetriert zu werden. Endlich eine Möse, die er benutzen konnte.

Ab da ließ sein Interesse nach, weil er nie das will, was er haben kann. Nicht den Alltag, nicht die Realität, nicht mich. Wenn wir jetzt mal Sex haben, verliert er mitunter mittendrin die Lust und lässt mich einfach liegen. Auf dem Rücken. Erregt und verwirrt. Wenn ich daliege, lacht er, weil ich so frustriert bin, und tut demonstrativ desinteressiert, wenn ich darauf hinackere, zu einem Abschluss zu kommen.

Der Badezimmerboden ist feucht. Ich wollte, er würde die verdammte Dusche reparieren. Ich drücke die Spülung und kehre aufs Sofa zurück. Zünde mir eine Zigarette an und denke darüber nach, wie man sich an einem Ort gleichzeitig so sehr zu Hause und entfremdet fühlen kann.

Er sagt, er hat Angst, dass er mich schlagen könnte.

Wir sitzen vor dem Fernseher und haben ein paar Bier intus. Ich bin müde. Körperlich und geistig.

Unser Leben besteht aus Zigaretten, Alkohol, Gras, existenziellen Fragen und ungesunden Ess- und Schlafgewohnheiten. Gleichzeitig versuche ich, gute Noten zu schreiben, zu entscheiden, was ich mit meinem Leben machen will, und eine liebenswerte Freundin zu sein.

Ich fühle mich wie abgehängt, als wäre ich drauf und dran, den Halt zu verlieren. All die Nervengifte, der Schlafmangel und das Kopfzerbrechen rauben mir physisch und psychisch die Kraft. Ich sage zu ihm, dass es mir nicht gut geht. Dass ich mich der Wirklichkeit stärker als sonst entrückt fühle.

Ich sage zu ihm, dass ich von diesem Punkt wegkommen will, an dem mein Gedächtnis und meine Gedanken nirgends mehr richtig andocken können. Dass mir alles verschwommen vorkommt. Dass ich zurück in die Realität will. Das hier tut weh. Das hier ist eine Angst, die sich in absoluter Leere statt in Schmerzen manifestiert. Mein Körper fühlt sich an, als wären ihm sämtliche Organe, das Blut, das Skelett, die Sehnen entnommen worden. Als wäre nichts mehr in mir drin. Leerschmerz. Ich will davon weg. Ich will wieder mit Bedeutung angefüllt sein.

Er sagt, dass ich in diesem Zustand verharren soll. Dass ich keine Angst vor der Dunkelheit haben darf. Dass ich nicht fliehen darf. Dass ich in dem Schmerz bleiben muss. Darin leben muss.

Es fühlt sich an, als wäre ich kurz davor, mich selbst zu verlieren. Ich flehe ihn an, mir zu helfen. Er schlägt vor, dass wir uns einen Film ansehen. Er sagt, dass er auf einen bestimmten Film Lust hat, und fragt, ob der okay wäre. Dass er ein bisschen durchgeknallt sei. Ich bin mir nicht sicher und glaube nicht recht, dass das eine gute Idee ist, aber zurzeit fällt es mir nicht ganz leicht, Nein zu sagen.

Natural Born Killers flimmert durch mein Bewusstsein. Ich sehe kaum hin und spüre doch jede Szene, jede kreischende, aufdringliche Szene, und ziehe mich immer weiter aus der Wirklichkeit zurück. Ich spüre, wie mir eine Träne über die Wange läuft, weiß aber nicht, ob ich weine. Weiß nicht mal, ob ich atme. Ich bin irgendwo anders. Ich weiß, dass Konrad hier bei mir ist, aber es fühlt sich nicht an, als befände ich mich im selben Zimmer wie er. Im selben Zimmer mit mir. Dann wiederum bin ich vollkommen klar im Kopf. Als wäre man betrunken und glaubte, man hätte die volle Kontrolle, auch wenn das nicht stimmt. Alles passiert gleichzeitig. Die Kontrolle ist mir entglitten. Das Einzige, was ich noch denken kann, ist: Ich muss ans Wasser. Ich muss in Wasser eintauchen. Aus alldem hier rausgerissen werden. Zurückgerissen werden.

Konrad versteht nicht, was los ist, läuft mir aber nach. Mir fällt es unendlich schwer, mit ihm zu reden. Ich kann keinen klaren Gedanken fassen, keinen anderen Wunsch formulieren, als dass ich ins Wasser muss. Ich habe Angst, dass ich den Verstand verliere. Dass ich in eine Psychose abrutsche. Dass ich nie wieder zurückkann. Dass ich sterbe.

Am See versuche ich, das Bikinioberteil anzulegen, und

schaffe es nicht. Obwohl ich nicht betrunken bin. Ich kapituliere und laufe aufs Wasser zu. Die Kälte bringt meinen Körper langsam zurück in die Realität. Ich schwebe unter der Oberfläche, solange ich kann. Schwimme weit raus. Fühle mich wieder lebendig.

Anschließend wate ich langsam zurück ans Ufer und in die Wirklichkeit. Ich stelle mir vor, wie Konrad mich sieht: wie ich nackt durchs Mondlicht auf ihn zuspaziere. Finde, dass es ein schönes Bild ist. Dass ich gerade sexy bin. Dass es gut ist. Dass es mir wieder halbwegs gut geht. Das beruhigt mich.

Als ich aus dem Wasser komme, wickelt er mich in ein Handtuch ein. Er hat die Schuhe abgestreift, für den Fall, sagt er, dass … Er war sich nicht sicher.

Vielleicht treibt er mich an die Grenze, aber er ist auf jeden Fall auch bereit, mir hinterherzulaufen, wenn ich zu weit gehe.

Charles Bukowski sitzt auf einem rosa Sofa in seinem Wohnzimmer neben der Frau, mit der er zusammenwohnt. Sie hat ein Glas Rotwein in der Hand, er raucht eine Zigarette. Sie fragt, warum es ihn so sehr stört, dass sie ausgegangen ist und gefeiert hat, während er zu Hause geblieben ist. Er sagt, er wird ihr schon Manieren beibringen, wogegen sie sich wehrt.

Ein Tritt. Noch einer. Und noch einer.

»You fucking cunt, you think you can walk out on me every fucking night? You fucking whore. You bitch.«

Er klemmt sich die Zigarette zwischen die Lippen. Noch ein Schlag.

Kamerawechsel.

Wir sind in der Nachbarstadt etwas trinken. Der Tag fing damit an, dass Konrad erzählte, dass er vor drei Monaten seinen Job gekündigt hat. Ich bin schlagartig müde, gleichzeitig tut er mir leid, weil er mir gegenüber nicht ehrlich sein kann. Weil er glaubt, dass mir sein Job wichtig wäre. Dabei bezahle ich sowieso alles. Er glaubt, dass ich wegen des Jobs sauer wäre, aber ich bin nur deshalb sauer, weil er mich drei Monate lang belogen hat. Die Stimmung ist den ganzen Tag im Eimer. Wir verpassen den letzten Bus um zwei Minuten und müssen einen seiner Sandkastenfreunde anrufen, der in der Stadt wohnt. Konrad ist es unangenehm, während ich es ganz cool finde. Der Freund ist mit einer Dänin zusammen, und wann immer wir bisher zusammen unterwegs waren, war es nett, über unsere kaputten Kerle zu reden.

Bei ihnen zu Hause war ich bisher nie. Wir nehmen ein Taxi, und die Umgebung kommt mir bekannt vor, keine Ahnung, woher.

Wir gehen die Treppe hoch, und mit einem Mal weiß ich, dass ich schon mal hier war. Es ist urkomisch, allerdings habe ich ein bisschen Bammel vor Konrads Reaktion. Reines Bauchgefühl.

Konrad und sein Freund gehen raus zum Rauchen. Ich drehe mich zu der Dänin um. »Das klingt jetzt bestimmt krank, aber ich muss es dir erzählen. Also … Ich war vor ein paar Monaten schon einmal hier. Laaange vor Konrad. Und, also … Ich hab auf dem Balkon mit einem T …«

»WAS?! DU BIST BALCONY GIRL?«

Sie reißt die Augen auf, bricht in Gelächter aus und wippt neben mir auf dem Sofa auf und ab. Der Zufall bringt sie zum Lachen, und ich lache mit.

Es ist eine lustige Erinnerung. Unproblematisch. Coole Sache. Trotzdem bereue ich sofort, dass ich es erzählt habe, und mein Magen krampft sich nervös zusammen. Als Konrad und sein Kumpel fertig geraucht haben, kommen sie wieder rein, und Konrad geht Biernachschub holen. Ich versuche, die Dänin daran zu hindern, doch sie rennt augenblicklich auf ihren Freund zu und erzählt es ihm. Er muss herzlich lachen, aber das schlägt sofort um, als Konrad zurückkommt.

Der hört sich die Geschichte an, findet sie zwar nicht cool, macht aber auch keine große Sache daraus. Mein Magen entspannt sich wieder. Ich ahne, dass ich Angst hatte, obwohl ich nicht weiß, wovor. Als wir uns leicht angetrunken in einem leeren Zimmer aufs Ohr legen, will er mich nicht berühren. Weil ich in diesem Haus schon mal Sex hatte. Ich verstehe, dass das nicht lustig ist, aber er gibt mir das Gefühl, als müsste ich mich dafür entschuldigen, dass ich vor ihm schon mal Sex hatte. Ich schäme mich, obwohl ich mich nicht schämen will. Es fühlt sich an, als würde er mich verachten. Ich will mich entschuldigen, weiß aber nicht, wofür. Wir schlafen jeder an seiner Bettkante ein, und ich bedaure, dass ich ein Vorleben habe.

Am Flughafen umarme ich ihn zum Abschied. Meine Zeit in Deutschland ist vorbei. Ich kann nicht klar denken. Ich weine nonstop. Es fühlt sich an, als würde mir jemand Organe herausreißen. Als wären wir miteinander verwachsen und als nötigte mich die Rückreise nach Schweden, Teile von mir abzuhacken. Ohne ihn weiß ich mir nicht zu helfen. Ohne ihn hab ich nichts. Bin ich nichts. Er ist der Einzige, der mich sieht, wie ich wirklich bin. Er ist der Einzige, der das Dunkle, Schmutzige, Hässliche toleriert. Und mich trotzdem liebt. Und mich deshalb liebt. Die Welt ist fiktiv und brutal. Ich kann darin nicht leben. Nicht ohne ihn.

Ich kann nicht aufhören zu weinen und halte mich krampfhaft an ihm fest. Er weint nicht, aber ich sehe in seinen Augen, dass es ihn ebenfalls schmerzt. Ich weiß nicht, wann wir uns wiedersehen, und habe Angst.

Ich habe ein Praktikum in der schwedischen Botschaft in Madrid angetreten. Seit einem Monat leben wir jetzt in verschiedenen Ländern. Ich hatte ihm vorgeschlagen, zu mir zu ziehen. Er hat Nein gesagt. Obwohl er keinen Job mehr hat und nichts, was ihn an dieses Kaff kettet, aus dem er doch angeblich rauswill.

Stattdessen will er mich in der Wohnung besuchen, die ich mir mit einer jungen Frau teile, die ich über eine Facebook-Gruppe aufgetan habe. Sie ist ebenfalls Praktikantin, allerdings in der französischen Botschaft. Mit ihrem holprigen Englisch macht sie einen fröhlichen, herzlichen Eindruck, und wir kommen gut miteinander aus.

Ich sage zu ihm, dass ich nicht will, dass er gerade am Anfang allzu lang bleibt, weil ich ihr nicht zur Last fallen will. Er fragt mich, warum ich mir um sie mehr Gedanken mache als um ihn. Warum ich nicht mit ihm zusammen sein will. Dann bucht er einen Flug. Es werden zwei Wochen.

Während ich arbeiten gehe, hängt er in der Wohnung herum. Gegen Abend macht er sich auf den Weg durch die Stadt, um Zigaretten zu kaufen. An einem dieser Abende entdeckt er eine Ecke in einem Park, in der ein paar Obdachlose Schach spielen. Dort geht er fortan jeden Tag hin und spielt mit. Ich komme nach Feierabend im Blazer dazu und setze mich auf den Boden zu ihnen. Nachdem ich mich eine Weile mit Valentin aus Uruguay unterhalten habe, dämmert mir, dass ich mich nie zuvor mit einem Obdachlosen unterhalten habe – abgesehen von einem Bitte als Antwort auf ein Danke, wenn ich ein paar Münzen in einen Becher geworfen habe.

Valentin und Konrad spielen fantastisch Schach. Konrad gewinnt häufiger. Sie lachen. Valentin trinkt Bier aus Halbliterdosen und erzählt hier und da von seinem Leben. Von seinem Bruder, aus dem was geworden ist, und von sich selbst, aus dem nichts geworden ist.

Ich kann eine gewisse Güte in Konrad erkennen, in seiner Art, nicht wegzusehen, wenn er Menschen vor sich hat, die nicht dem normalen Trott nachgehen. Dieselbe Güte sehe ich, als wir den rumänischen Rosenverkäufer Georg kennenlernen. Während ich »Nein danke« sage und wegsehe, will Konrad ihm eine Rose abkaufen und fragt ihn, wie es ihm geht.

Wenn Konrad nicht wäre, hätte ich nie erfahren, dass Georg vor ein paar Jahren – inzwischen vor etlichen Jahren –

ein eigenes Unternehmen geführt hat. Oder dass er herzkrank wurde, woraufhin das Unternehmen den Bach runterging. Ich hätte nie von seiner Frau erfahren, die psychisch krank wurde und in einer Anstalt landete. Die immer noch in der Heimat lebt, wo es keine Arbeit für sie beide gibt. Ich hätte nie erfahren, dass er unterdessen das Sorgerecht für seine zwei Kinder verloren hat und jetzt Rosen verkauft, weil er hofft, die Kinder irgendwann zurückzukriegen. Ich hätte nie seinen Lebenslauf zu sehen bekommen, den er in der Innentasche seiner Jacke mit sich herumträgt. Wir kaufen Georg eine Menge Rosen ab, bis er eines Tages nicht mehr auftaucht.

Mir dämmert, dass Konrad sich mit Georg und Valentin wohler fühlt als mit meinen Freunden.

Ich habe keine Ahnung, wo er steckt. Gerade noch stand er bei den Partyrauchern und grummelte in sich hinein, weil ich mich zu lang mit einem amerikanischen Austauschstudenten unterhalten habe, mit dem ich mich angefreundet habe. Jetzt ist er weg. Ich frage die anderen, ob sie ihn gesehen haben. Irgendwer meint, er wollte eine Runde um den Block gehen. Die Party ist bei meiner Mitbewohnerin und mir zu Hause, wir haben andere Praktikanten eingeladen, mit denen wir hier zu tun haben.

Ich rufe ihn auf dem Handy an. Keine Reaktion. Ich rufe wieder an. In mir steigt Panik auf. Wo steckt er? Warum habe ich ihm nicht genug Aufmerksamkeit geschenkt? Fühlt er sich missachtet? Unsichtbar? Ich nehme meine Schuhe und gebe kurz Bescheid, dass ich gleich wieder da bin. Rufe ihn weiter an. Keine Reaktion.

Ich brauche eine halbe Stunde bis zu dem Park, in dem er sonst immer sitzt und Schach spielt. Halte den Atem an, als ich näher komme. Mache mich für den Moment bereit, wenn die Unruhe wieder nachlässt. Aber dort ist er nicht.

Rufe wieder an. Keine Reaktion. Ich gehe einen langen Umweg nach Hause, versuche, mir auszumalen, welche Straßen er genommen haben könnte. Wo er sein könnte. Ob er springen könnte. Und wenn ja, wo. Ich hab ihn im Stich gelassen. Er braucht mich.

In der Nähe unserer Wohnung setze ich mich in einen

Hauseingang. Ich kann nicht ohne ihn zurückgehen. Ich kann auch nicht länger suchen. Ich krame meine Zigaretten heraus und rauche wie eine Besessene. Inhaliere sie, Zigarette um Zigarette. Rufe ihn an. Keine Reaktion. Was, wenn er tot ist? Nein, der Arsch lässt mich unnötig zappeln. Den falte ich verdammt noch mal zusammen, wenn er zurückkommt. Er kann doch nicht einfach verschwinden. Einfach die Party verlassen, ohne etwas zu sagen. Ich rufe wieder an. Keine Reaktion.

Ich blicke auf die Straße und versuche zu erkennen, ob einer von denen, die in meine Richtung kommen, er sein könnte. Dann sehe ich ihn. Die langen, dünnen Arme und Beine. Selbst aus der Ferne ganz unverkennbar. Niemand sieht aus wie er. Besonders nicht hier. Er schlurft näher. Als wäre er nur kurz um die Ecke gegangen, um Zigaretten zu kaufen.

Ich sage zu ihm, dass ich versucht habe, ihn zu erreichen. Er antwortet, dass er sein Handy wohl auf der Party vergessen hat. Es sind jetzt dreieinhalb Stunden, seit er plötzlich weg war. Er nimmt mich in den Arm, und sein Duft vertreibt all die Gedanken, die eben erst meinen Kopf okkupiert haben. Ich bin so froh, ihn zu sehen. Zu sehen, dass es ihm gut geht. Ich breche in Tränen aus. Bin erleichtert, dass er unverletzt ist. Erleichtert, dass er lebt.

Als wir zur Party zurückkehren, sind schon alle weg. Wir gehen ins Bett, und ich drücke ihn fest an mich.

Konrad schmiegt sich von hinten an mich und zieht das Haargummi aus meinen Haaren. »Offen sind sie viel schöner«, sagt er, und: »Wenn wir schon so wenig Zeit zusammen haben, sollten wir uns die doch so schön wie möglich machen?« Ab sofort trage ich die Haare offen.

Als ich zur Tür hereinkomme, riecht es eindeutig nach Rauch. Ich seufze. Ich weiß, dass meine Mitbewohnerin erst in einigen Stunden nach Hause kommt und sich der Gestank bis dahin verzogen hat. Aber ich habe ihn gebeten, draußen zu rauchen. Das hier ist nicht meine Wohnung, und ich will nicht, dass er drinnen raucht.

Ich frage ihn, ob er geraucht hat, obwohl ich die Antwort kenne. Er versucht nicht mal, sich herauszureden, sondern grinst nur verschlagen und sagt, dass er versuchen will, damit aufzuhören, Ehrenwort. Ich will ihm erklären, warum das für mich nicht okay ist, aber er schmollt nur weiter. Er hat doch schon Besserung gelobt und versteht nicht, warum ich weiter darauf herumhacke. Dieselbe Antwort und Lösung für alles. Immer dieselben Ausflüchte. Dieselbe Ignoranz, wenn es um meine Wünsche geht. Wir haben zu wenig gemeinsame Zeit, um sie mit Streiten zu verbringen, sagt er.

Sie ist Praktikantin in der mexikanischen Botschaft. Hin und wieder gehen wir zusammen aus. Wir tanzen. Tun so, als wären wir kurz davor, noch weiter zu gehen. Sie presst sich an mich und flüstert mir ins Ohr, dass sie mich jetzt küssen würde, wenn sie keinen Freund hätte. Wir lächeln beide. Es ist fast unschuldig. Zu Hause angekommen spukt sie mir im Kopf herum, bis ich einschlafe.

Ich sitze auf dem Matratzenrand und weine. Unser Alltag ist kein Alltag, sondern ein Nebel aus Gedichten, Texten, Träumen, sporadischem Sex, Alkohol, Tanzen, Joints und Tränen.

Es ist nie Alltag – und gerade das sollte magisch sein. Gleichzeitig habe ich einen Alltag. Ich mache ein Praktikum, auf das ich mich konzentrieren muss, und will mein Spanisch verbessern. Ich muss Termine wahrnehmen, Erwartungen erfüllen, aber ich liebe ihn so sehr, dass es wehtut. Im Hals tut es weh von all den Zigaretten. Im ganzen Körper von schlechtem Essen, Alkohol und Kaffee. In der Seele.

Er ist Zigaretten kaufen gegangen, und ich bin erschöpft. Unendlich erschöpft. Ich versuche, sowohl seinen Tagesablauf als auch meinen eigenen hinzukriegen. Stehe früh auf und gehe zur Arbeit, bleibe lang wach und trinke. Er steht vor elf nicht auf und schläft vor vier nicht ein. Er kann nicht so leben, wie ich leben muss, also muss ich leben, wie ich muss und wie er leben kann. Ich wische mir die Tränen weg, bevor er wiederkommt, weil immer noch am allerwichtigsten ist, dass ich ihn habe.

Als er wieder da ist, legen wir uns nebeneinander auf die Matratze in diesem abgeschiedenen kleinen Teil der Wirklichkeit, in dem nichts von Bedeutung ist, außer dass wir einander haben, und sofort ist vergessen, warum ich geweint habe. Hier fühle ich mich noch immer geborgen.

An einem Freitag fahre ich direkt von der Botschaft zum Flughafen und komme bei ihm zu Hause an, als er sich schon hingelegt hat. Ich krieche in sein Bett und spüre die Wärme, die von seinem Körper ausstrahlt.

Am Samstagmorgen wacht Konrad auf und zieht sich das T-Shirt vom Gesicht, mit dem er sich vom Tageslicht abschirmt. Vorhänge hat er nicht und schafft sich auch keine an. Ich kann sehen, wie er im Halbschlaf über seinen Nachttisch aus Büchern tastet. Er findet den Haufen Zigaretten, die ich am Vorabend gedreht habe, und greift sich zufrieden die nächstbeste.

Dann setzt er sich auf und mustert sie. Befühlt die Festigkeit, die Gleichmäßigkeit. Den Filter. Er ist unzufrieden, legt sie beiseite und nimmt sich eine, die besser gedreht ist. Dann zündet er sich seine Morgenzigarette an und sieht raus zu der Kirche nebenan. The Fat Church, wie wir sie nennen. Sie sieht aus, als hätte sie ein langes, langweiliges und wohlgenährtes Leben gehabt; die Mauern sind nach außen ausgebuchtet. Das viel zu laute Glockenspiel schrillt durch die Straßen.

Er glaubt, dass ich immer noch schlafe, und stupst mich an, um mich zu wecken. Er ist nur so lang rücksichtsvoll, wie er sich beschäftigen kann. Ich rutsche näher an ihn heran und lege mein Gesicht auf seine nackte, schmale Brust. Hätte ich mir eine Zigarette angezündet, bevor er aufwacht, und ihn mit dem Geruch der Morgenzigarette geweckt, wäre er sauer gewesen. Aber für uns gelten nun mal nicht dieselben Regeln.

Er fragt, ob ich Kaffee will, und als ich Ja sage, sagt er, dass er auch einen nimmt. Ich lache, auch wenn ich mich über die Dreistigkeit ärgere. Ich stehe auf und stelle mich an die Fake-Nespresso-Maschine. Mache den ersten Kaffee, löffele Zucker hinein und bringe ihn ihm. Er inspiziert den Becher und mault, dass keine Crema drauf ist, dass ich was falsch gemacht habe. Soll er sich doch seinen eigenen Kaffee machen, entgegne ich, wenn er ihn so hinkriegt, wie er es will. Aber insgeheim frage ich mich doch, was ich falsch gemacht habe und wie ich es beim nächsten Mal besser machen kann.

Mit meinem eigenen Becher lege ich mich neben ihn. Ich schiebe ein Stück Decke beiseite – die rund um das Fenster festgestopft ist, weil es nicht richtig schließt – und stelle den Kaffee auf die Fensterbank. Dann beuge ich mich über ihn und wühle in den Zigaretten nach der besten, die übrig ist. Nackt liegen wir in der Wärme, jeder mit seinem Kaffee und seiner Zigarette.

Vor ihm hab ich morgens nie geraucht. Aber man gewöhnt sich daran, und inzwischen schmeckt es mir. Ich hab auch wieder angefangen, Fleisch zu essen, nachdem ich zuvor fünf Jahre lang Vegetarierin war.

Wir bleiben noch ein, zwei Stunden im Bett. Trinken mehr Kaffee, gehen vielleicht aufs Klo. Dann stemmen wir uns langsam aus dem Bett, wie immer so randvoll mit Nikotin und Koffein, dass der Rest des Tages in einem Nebel aus Müdigkeit verschwimmt.

Wir gehen duschen und versuchen, die Duschkabine zuzumachen, die einfach nicht zugehen will. Er seift mich ein und ich ihn. Ich weiß, dass das ein Muss ist, weil sein Lieblingsschriftsteller genau das beschreibt. Und wenn Bukowski etwas gemacht hat, wird das für ihn zum Gebot. Zumindest manchmal.

Ich bitte ihn, nicht in die Dusche zu pinkeln. Das hat er schon zigmal gemacht, und ich finde es einfach nur eklig. Er gelobt Besserung.

Ein paar Minuten später sieht er mich an und schmunzelt kaum merklich. Ich sehe nach unten, und er steht da und pisst. Er sieht meinen Gesichtsausdruck und dreht sich ungerührt weg.

Während ich in seiner Pisse stehe und seinen Rücken anstarre, sehe ich plötzlich einen Hund vor mir. Einen Dreckskoter, der sein Revier markiert. Sein schlaffer Schwanz ist der Beweis, dass ich ihn nie dazu bringen werde, sich auch nur im Geringsten anzupassen. Ich ekle mich vor seiner Kompromisslosigkeit. Vor dem Kindischen darin, dem Unreifen. Ich greife zum Duschkopf, wasche mir Füße und Beine ab und steige aus der Dusche.

Ich setze mich auf das durchgesessene Sofa. Über mir hängt das Bild von Bukowski wie eine anhaltende Mahnung, dass sich nie etwas ändern wird. Ich bin eine Gefangene seiner beschissenen Befreitheit.

Und selbst wenn alles – von der ersten bis zur letzten Zigarette des Tages – dafür spricht, dass nichts sich je ändert, hoffe ich immer noch, dass es passiert. Weil ich ihn liebe, und da erträgt man es eben. Trotzdem macht sich hier und da die Frage bemerkbar: Ist es das wert?

Wir wollen Konrads Geburtstag feiern, und ich freue mich schon darauf, dass er mein Geschenk auspackt. Ich habe unseren kompletten Tinder-Chat und sämtliche Nachrichten, die wir uns über Ländergrenzen hinweg geschickt haben, ausgedruckt und Teile ausgeschnitten. Unsere Liebe in Worten. Aus Zitaten und Fotos habe ich ihm ein Buch gebastelt. Stundenlanges Sortieren, Aussuchen, Zusammenstellen. Seine wunderbaren Formulierungen, meine Antworten. Ich finde, darin steckt unendlich viel. Unendlich viel Liebe. Unendlich viel, wofür ich im letzten Jahr gelebt habe. Wenn wir uns das zusammen ansehen, ist vielleicht nicht alles verloren. Vielleicht ist es immer noch da.

Ich habe ihn dazu überredet zu feiern. Eine Geburtstagsfeier hatte er schon seit Jahren nicht mehr. Er sagt – nicht zum ersten Mal –, dass ich seine Rettung war. Ich lächele, aber insgeheim frage ich mich, wie er darauf kommt, dass er gerettet wäre.

Es kommen diverse Freunde vorbei, er ist gut gelaunt und hat Spaß. Ich warte darauf, dass er mein Geschenk auspackt. Sich mit mir zusammentut, auf dass wir wieder wir sein können. Er macht das Geschenk auf. Blättert schnell ein paar Seiten um, nimmt mich in den Arm und bedankt sich. Dann legt er es auf den Tisch und geht, füllt sein Glas nach und unterhält sich mit Freunden.

Ich stehe immer noch an derselben Stelle und starre das

Buch an. All die Stunden, die ich dort hineingesteckt habe. Die Stunden, die ich in ihn hineingesteckt habe. In sein Zuhause, sein Leid, sein Leben. All das Mich-auf-ihn-Einstellen.

Eine Umarmung, ein Danke.

Als der letzte Gast gegangen ist, streiten wir. Er schreit mich an, und ich weine. Er findet mich egoistisch, weil ich die Stimmung versaut hab, und ich weiß, er hat recht. Er ist wütend, und er ist mir ferner als damals, als wir uns zum ersten Mal getroffen haben. Heute Nacht kann ich nicht einmal neben ihm schlafen. Ich ziehe um aufs Sofa.

In seiner Wohnung fühle ich mich nicht mehr zu Hause. Die Wohnung, die ich ein komplettes Jahr lang als meine Zuflucht empfunden habe. Mittlerweile fühle ich mich ausgeschlossen und wüsste auch nicht, wo ich sonst hingehen könnte. Ich sitze in diesem Drecksloch fest. So geht das nicht mehr, und ich treffe eine Entscheidung.

Am Morgen gehe ich zu ihm und setze mich auf die Bettkante. So weit weg von ihm wie nur möglich. Er wacht auf. »Ich pack das nicht mehr«, sage ich. Er sieht verwirrt aus. Ich weiß, dass ich in Worte fassen muss, was sich unsagbar anfühlt, aber nichts ist unmöglich, wenn die einzige Alternative der Untergang ist. Ich will Schluss machen. Er sagt Nein.

Ich kann ihm ansehen, dass er verzweifelt ist. Dass er genau diese Worte am meisten gefürchtet hat. Er sieht nicht mal ein, dass er unbewusst alles gegeben hat, damit ich ihn verlasse, und es tut mir weh, angesichts seiner Selbstsabotage einzuknicken, aber ich kann einfach nicht mehr. Ich sage es noch einmal. Dass ich Schluss machen will. Er sagt Nein. Ich erkläre ihm, dass dieses Wir mir nicht guttut. Das Wir, so wie wir sind.

Er sagt es wieder. »Nein.«

Mit trockener Kehle erklärt er mir, dass er weiß, dass er schwierig ist. Dass er sich ändern wird. Er erzählt mir, dass er über eine Therapie nachgedacht hat. Dass die helfen wird. Dass er mich liebt. Dass unsere Liebe das hier überleben kann. Dass unsere Liebe alles überleben kann.

Ich teile ihm mit, dass ich meinen Flug von morgen auf heute umbuchen will. Wir müssen reden, fleht er mich an. Vielleicht hat er recht, allerdings glaube ich das nicht.

Wir machen einen langen Spaziergang. Ich schildere ihm, wie ich mich fühle. Wie hart es für mich war. Zwei Leben zu leben. Er behauptet, dass er das versteht. Ich glaube ihm kein Wort. Er behauptet, dass er sich ändern wird, und ich weiß nicht, ob ich ihm glauben kann. Er verlangt von mir, dass ich ihm noch eine Chance gebe. Wenn er nur wüsste, wie viele Chancen er bereits hatte.

Ich darf noch nicht Schluss machen, noch nicht, sagt er, wir müssen damit noch warten. Wenn ich ihm nur einen Monat gebe. Wenn ich nur noch mal darüber nachdenke. Er kann sich schlecht ausdrücken, ich muss ihm zugestehen, dass er aufschreibt, was er empfindet. Mir einen Brief schickt. Seine Gefühle beschreibt und wie sich alles lösen könnte. Niemand liebt so wie wir, sagt er, und ich weiß, dass das stimmt. Ist auch besser so, denke ich, und gleichzeitig weiß ich nicht, wie ich ohne ihn leben soll.

Bis wir wieder bei ihm zu Hause sind, ist es Abend geworden. Auf dem letzten Stück haben wir geschwiegen. Unsicher, was passieren könnte, wenn es kein Wir mehr gibt. Für ihn ist das undenkbar, und für mich ist es die einzige Möglichkeit. Dann wiederum: Wie kann ich mit ihm Schluss machen?

Er hat so vieles gesagt, was ich hören musste. Was Dramatik betrifft, ist er gut. Und er ist gut an der Belastungsgrenze. Aber dort kann ich nicht für immer leben. Manchmal muss man auch vom Abgrund zurücktreten dürfen und langsam durchatmen, statt zu hyperventilieren.

Auch ohne Sex schlafen wir erschöpft ein. Nebeneinander. Mir ist klar, dass dies meine letzte Nacht in dieser Wohnung ist, und irgendwo tief drin weiß er das auch.

Zwei Wochen nachdem wir Schluss gemacht haben, weine ich immer noch täglich. Konrad schickt wunderbare Mails und legt seine Zukunftspläne für uns dar. Und inwiefern er sich ändern werde, sofern ich nur zu ihm zurückkomme. Sogar seine Bereitschaft, auf meine Bedürfnisse Rücksicht zu nehmen, dreht sich einzig und allein um ihn. Um seine Vorstellungen, wie er sich selbst und auf diese Weise mittelbar uns helfen könnte. Er hat so wenig von dem verstanden, was ich zu ihm gesagt habe.

Er sagt, dass er schockiert ist von alledem, was ich ihm erzählt habe, wie ich unsere Beziehung gesehen habe, und dass er ja keine Ahnung hatte. Das hilft tatsächlich. Dass er nicht mal wahrgenommen hat, wie sehr ich kämpfen musste, um ihm darzulegen, wie ich seinen Umgang mit mir empfunden habe. Mir ist insgeheim klar, dass ich für ihn nur Fiktion war. Eine Fiktion, die meinem Ich durchaus ähnlich, die aber nicht ich war. Die ich war, nur ohne die Anstrengung, ohne den Inhalt meiner Nörgeleien. Ohne viele der Bedürfnisse, denen ich in unserer gemeinsamen Zeit immer wieder Ausdruck zu verleihen versuchte. Stattdessen war ich die bessere Version, eine, die er ertragen konnte. Eine, mit der er klarkommen und die er verstehen konnte. Eine, die passte. Er hat in mir diejenige gesehen, die ich seiner Ansicht nach sein sollte, und zu guter Letzt dämmert mir, dass ich diese Rolle weder einnehmen kann noch will. Trotz dieser Erkenntnis lösen seine Worte in mir etwas aus. Niemand wird mich je wieder auf diese totale, selbstvernichtende, destruktive und umwälzende Weise lieben wie er.

Ich schreibe ihm eine letzte E-Mail, und damit sind Konrad und ich eine nostalgische Erinnerung, wie ich es für ihn immer schon war.

Nr. 35

Seit meiner letzten E-Mail an Konrad sind drei Tage vergangen. Es ist vorbei. Ich bin zu einer Freundin nach Lund gezogen, um nicht allzu allein zu sein, meine Wohnung vermiete ich weiter unter. Ich habe mich für einen Spanischkurs eingeschrieben, weil ich nach meinem Auslandsjahr eine erklärbare Verschnaufpause brauche. Eine Sprache zu lernen klingt besser, als sich einzugestehen, dass man sich noch nicht an die Abschlussarbeit traut und ans echte Arbeitsleben.

Ich presse mich gegen den Schritt eines Typen, mit dem ich tanze. Ich bin wieder frei, hier mit jedem beliebigen Mann rumzumachen. Mache ich aber nicht. Aus Respekt. Wie unangemessen wäre es bitte schön, nach drei Tagen solo mit dem Nächstbesten ins Bett zu gehen? Aber er sieht verdammt gut aus. Oder? Er ist verdammt gut gekleidet. Oder? Er hat einen blauen Strickpulli und normale Jeans an. Es macht echt Spaß, ihn anzusehen. Ich will in der Nähe dieses Pullovers sein. Dieser Schlichtheit. Dieser Abwesenheit von Orange- und Brauntönen. Dieser Normalität. Dieser Absenz von dichterischem Ausdruck in Textil. In ihm. Wir tanzen, dann verlieren wir uns aus den Augen. Ich trinke viel Bier.

Als der Club schließt, stehe ich vor der Tür und rauche, während meine Freunde noch ihre Jacken holen. Er kommt auf mich zu. Fragt, ob ich noch auf ein Bier mit zu ihm kommen will. Ich erkläre ihm, dass ich nicht mit ihm schlafen kann, weil ich gerade erst mit jemandem Schluss gemacht habe und keinen Sex will.

Er sagt »Okay«, aber ich könne ja bei ihm übernachten. In Ordnung, sage ich, übernachten geht.

Er erzählt, dass er in einer Band spielt und manchmal als Geschirrabräumer in einem Restaurant im In-Viertel Möllan jobbt und mit siebzehn mal miterlebt hat, wie ein Typ auf einem Schulhof totgeschlagen wurde. Ich biete ihm eine Zigarette an.

Das hier kommt mir bekannt vor. Die Anspannung. Die Vorfreude. Das Flirten. Im Handumdrehen sind wir bei ihm.

In seiner Wohnung zündet er sich eine Tüte an und fängt an, am Computer zu zocken. Er fragt, ob ich auch rauchen will, und ich muss daran denken, wie oft ich bei Konrad Nein sagen wollte und Ja gesagt habe. Nur um Spontaneität zu beweisen. Um meine Befreitheit unter Beweis zu stellen. Ich sage Nein.

Während er die ersten Züge nimmt, denke ich über seine Musikerträume nach, die er nie verwirklichen wird, und über sein Bedürfnis, jemand völlig Unbekanntem von einem Trauma zu erzählen. Ich frage mich, ob ich es bin, die derlei verlorene Seelen anzieht, die die Last der Welt auf ihren Schultern tragen, oder ob einfach jeder traumatisiert ist. Er könnte Konrad sein. Ist er aber nicht. Es wird nie wieder jemand Konrad sein, weil der eine abgeschlossene Sache ist. Nr. 34.

Wir haben Sex, und irgendwie ist es doch wie mit dem Fahrradfahren.

Nr. 36

Haltestelle. Es ist Viertel vor vier in der Nacht. Samstag. Januar. Ich bin weit und breit die Einzige neben einem Typen und warte auf den Bus. Ich frage ihn, ob er Zigaretten dabeihat, und er bietet mir eine an. Wir kommen ins Gespräch.

Er ist nicht mein Typ. Er sieht fit aus. Muskulös. Kein bisschen ausgemergelt oder psychisch instabil. Mir will kein Grund einfallen, warum ich mit ihm schlafen sollte, aber Sex will ich.

Der Mangel an Zweisamkeit, Mangel an Nähe, Mangel an Aufmerksamkeit. Alles, was das Singledasein ausmacht, schlägt in Geilheit um, sobald der Alkohol seine Wirkung entfaltet. Seit der Trennung von Nr. 34 bin ich nicht mehr im Gleichgewicht. Ich bin angeschlagen, stehe neben mir und bin auf der Suche nach etwas, was mich beruhigt.

Wir reden ein bisschen, und er erwähnt, dass er früher fürs Rote Kreuz gearbeitet hat. Deutet für mich auf ein gutes Herz hin, was wiederum ein Argument für Sex wäre. Im Bus setze ich mich neben ihn. Ich bin noch zu keinem Ergebnis gekommen, als wir feststellen, dass wir an derselben Haltestelle aussteigen müssen und außerdem nur fünf Minuten voneinander entfernt wohnen. Ich glaube nicht an Schicksal, aber ich glaube daran, dass man Gelegenheiten nutzen sollte, also gehen wir zu ihm.

Er wohnt in einer faden Einzimmerwohnung und kommt ursprünglich aus der Provinz Norrland. Es ist schon bemerkenswert, mit einem so gesunden Körper Sex zu haben. Er hat Ausdauer und eine komplett angstbefreite Erregtheit, ganz ohne Selbstverachtung, was mich fasziniert und dazu führt, dass ich ihn gar nicht als realen Menschen betrachte. Er scheint einfach nur im Hier und Jetzt zu sein. Ist unkompliziert. Jemand wie er kann bestimmt einen kompletten Tag verbringen, ohne die eigene Existenz infrage zu stellen oder sich Sorgen zu machen, und ich denke darüber nach, wie es wohl ist, so ein Leben zu führen.

Wir sitzen vor seinem französischen Balkon auf dem Boden und sehen hinaus über das nächtliche Wäldchen hinter seinem Haus. Er erzählt mir, wie es war, als Teenager im norrländischen Hinterland Schwarzgebrannten herzustellen. Ich erzähle ihm, dass man als Teenager in Skåne die Nummer irgendeines Dealers im Handy gespeichert hatte und die mutigste Freundin nötigte, am Freitagnachmittag bei ihm anzurufen und zu fragen: »Hej, bist du heute Abend irgendwo unterwegs?«

Er ist völlig unbeschadet. Ich gebe vor, es zu sein. Vier unkomplizierte Male haben wir Sex und schlafen dann auf seinem 90-Zentimeter-Bett nebeneinander ein. Am Morgen ziehe ich mich eilig an und umarme ihn zum Abschied. Er bringt mich zur Tür und schließt hinter mir ab. Von einem Wiedersehen ist keine Rede. Wir wissen beide, dass wir nicht zusammenpassen, und weil wir es beide wissen, haben wir in der vergangenen Nacht super zusammengepasst, als wir zufällig im selben Bus gelandet sind, und mehr war da auch nicht, aber anständig von ihm, dass er fürs Rote Kreuz gearbeitet hat.

Es ist elf Uhr abends an einem Samstag. Ich sitze mit einem Pärchen zusammen, das mich zutiefst langweilt. Er ist ein Bekannter von mir, mit dem ich in Deutschland studiert habe und feiern war. Sie ist seine Freundin, und ich versuche, den Anschein zu erwecken, als würde ich sie mögen. Es ist eine Herausforderung.

Seit dreiunddreißig Minuten erzählen sie jetzt schon von einem Pärchen, das sie kennen und das sich gern mal zu Abendessen einladen lässt, das aber bei Gegeneinladungen bei sich zu Hause die Gäste auffordert, dies und das beizusteuern. So läuft es nicht einmal auf plus/minus null hinaus – sie verdienen an ihren Freunden, obwohl sie ebenso gut bezahlte Stellen haben. Außerdem sind die beiden schon über ein Jahr verlobt und haben noch nicht mal den Termin für die Hochzeit festgesetzt, obwohl doch jeder weiß, dass man binnen eines Jahres nach der Verlobung heiratet. Dann geht es darum, dass die Gehaltsentwicklung bei der Freundin nicht recht ihren Wünschen entspricht; sie kommt schon klar, natürlich, findet aber, sie sollte sich durchaus ein bisschen mehr im Leben leisten dürfen. Immerhin arbeitet sie hart und hat in ihrer Position echt viel Verantwortung. Statt zu schreien: »HERRGOTT NOCH MAL, WEN INTERESSIERT DAS?«, habe ich unter dem Tisch durch Tinder geswipt und hier und da zustimmend gebrummt, wann immer es passte. Der Deal ist nun mal: Sie kochen für mich, und ich unterhalte sie mit meinen verrückten Anekdötchen aus dem Singleleben, über die sie, sobald ich zur Tür raus bin, herzlich lachen, um dann zu dem Schluss zu kommen, dass sie froh sein können, dass diese Zeiten vorbei sind.

Sie gehen ins Bett und ich zu meinem Viertel-vor-zwölf-Date.

Er ist irgendwie dicklich. Bestimmt nicht dicker als ich, vielleicht aber schon. Sein Äußeres stört mich.

Er war zuvor aus, hat ein paar Bierchen getrunken, ist heimgefahren und erneut losgezogen, um mich zu treffen. Ich habe das Gefühl, dass ich ihm schuldig bin, mit ihm zu schlafen, hab ohnehin nichts Besseres vor, aber nach einer Weile frage ich, was er gern liest, und er antwortet: »Charles Bukowski, sagt dir das was?«

Ich nippe ein paarmal an meinem Bier. Im Leben fass ich keinen verdammten Schwanz mehr an, der schon mal bei der Lektüre dieses frauenverachtenden Wichsers hart geworden ist.

Ich sage zu ihm, dass ich mich irgendwie fiebrig fühle und nach Hause muss, dass es mir fürchterlich leidtut, wenn ich jetzt abhaue, obwohl er nur meinetwegen noch einmal losgefahren ist. Kein Thema, sagt er. Einen Abschiedskuss gibt es nicht, aber wir tauschen Nummern.

Nr. 37

Am darauffolgenden Abend bin ich unterwegs mit einem alten Bekannten aus dem Studentenclub, in dem ich früher gejobbt habe. Wir haben uns miteinander angefreundet, weil wir beide geraucht haben und einer von uns immer ein Feuerzeug hatte, wenn der andere eins brauchte. So was kann man leicht mit Sympathie verwechseln. Was auf uns nicht zutrifft. Zumindest ich kann ihn nicht leiden.

Er arbeitet im Marketing, glaube ich, aber so genau höre ich nicht hin. Er hat jetzt seit drei Bieren über Twitter geredet. Oder besser gesagt: seit ich drei Bier getrunken habe. Bei ihm sind es anderthalb.

Ich bin beim vierten Bier, und während er zur Toilette geht, hole ich mein Handy heraus und swipe mal wieder, schicke Nachrichten an Typen, aber keiner beißt an. Wir sitzen in einer Kaschemme im Kirseberg-Viertel, hier reiße ich niemanden mehr auf.

Mangels Alternativen texte ich meinem Viertel-vor-zwölf-Date vom Vorabend. Drei Minuten später kommt seine Antwort. Nach einem weiteren Bier mit dem Twittertypen mitsamt Ausrede, dass ich müde sei, und einer längeren Wartezeit am Hauptbahnhof Malmö sitze ich im Zug nach Arlöv.

Er hat eine Hammerwohnung. Und womöglich einen gewissen Charme. Er bietet mir noch ein Bier an, wir fangen an rumzumachen, und ohne übertrieben viel Vorspiel ist er in mir drin. Was völlig okay ist, allerdings ist er nervös und versucht, die Stimmung aufzulockern, indem er kalauert: unter anderem, dass er mit der Katze im Sack Schwein gehabt hat.

Er meint damit, dass sich das Risiko Tinder für ihn gelohnt hat. Ich höre nur – und zwar während wir Sex haben –, dass er mich gerade mit einem Schwein vergleicht. Der blöde Witz, die unsexy Stimmung, Alkohol, Schwabbelfett und Bukowski schlagen über mir zusammen, und schlagartig habe ich das Interesse an Beischlaf und ihm verloren. Vielleicht weil ich ihn nicht sonderlich attraktiv finde. Vielleicht weil ich zuletzt in einer längeren Beziehung war. Vielleicht weil ich älter werde. Aber erstmals im Leben grübele ich nicht erst nach, bevor ich ihm signalisiere, dass ich nicht mehr will, sondern stemme mich im Bett hoch, damit er aus mir herausgleitet.

Meine Bewegung dauert noch keine halbe Sekunde an, als er in Panik gerät. Er weiß augenblicklich, dass wir uns missverstanden haben. Dass er etwas Dummes gesagt hat. Seine instinktive Reaktion besteht darin, mich festzuhalten und damit seinen Schwanz in mir. Dann dauert es wiederum ein, zwei Sekunden, bis sein Verstand an der Stelle wieder einsteigt, wo sein Instinkt übernommen hat, und er mich loslässt.

In so einem Moment ist der Körper schlagartig nüchtern, die Erregtheit futsch, und der Schock breitet sich über Gehirn, Genick, Kiefer, Arme, Beine und Geschlechtsteil aus.

In der Theorie ist ein Nein das Signal zum Abbruch, aber indem er reflexartig meine Handgelenke festgehalten hat, ist mit einem Mal körperlich, gefühlsmäßig und seelisch klar, dass Sicherheit eine Illusion ist. Nein sagen zu können, ist eine Einbildung. Sex ist immer *nur* dann freiwillig, solange *er* die Freiwilligkeit zulässt.

Nr. 38

Er wartet auf mich vor dem Raucherkabuff eines Clubs im Moriskan. Er heißt Oliver und ist größer, als ich dachte. Er lächelt breit, ich lächele breit, und sofort sind die anderen, mit denen wir hier sind, vergessen. Wir reden, als würden wir uns ewig kennen, und fünf Minuten nachdem wir uns getroffen haben, hüpfen wir wie die Idioten auf der Tanzfläche herum, verspritzen Bier, flirten, jagen einander durch die Location und knutschen.

An den ersten Kuss erinnere ich mich nicht mehr, aber es ist, als hätte es nie einen Anfang gegeben. Wir sind in ein Verhältnis hineingeschlittert, das bereits existiert hat, ohne dass wir davon wussten. Irgendwann sind meine Freunde weg, und ich weiß nicht, wann und ob ich mich überhaupt von ihnen verabschiedet habe.

Oliver und ich gehen zu ihm. Wir reden über das Leben. Über Antidepressiva, falsche Freunde und einsame Stunden in der Dunkelheit, Bücher und Selbstmedikation.

Bevor wir seine Wohnung betreten, eröffne ich ihm, dass ich heute Abend keinen Sex haben will. Dass das letzte Mal eine Weile her ist. Den Grund dafür verrate ich ihm nicht. Keine Ahnung, wie ich den Mut dazu aufbringe, weil ich nicht will, dass er mir den Rücken kehrt, aber er wirkt verständnisvoll. Freundlich. Sagt, dass es völlig okay ist, wenn wir nur nebeneinander schlafen. Ich glaube ihm, weil ich nicht heimgehen will. Wir sind also bei ihm in der Wohnung, und er kramt aus seinem Schrank ein T-Shirt, in dem ich schlafen kann. Es duftet nach ihm, und er duftet nach Wald. Er dreht sich weg, während ich mich ausziehe, und ich bin mir sicher, dass er mich nicht heimlich angafft. Es ist eine neue Form der Sexyness.

Er holt eine Wolldecke. Hebt die Bettdecke an, damit ich drunterkriechen kann, legt sich neben mir auf die Bettdecke drauf und deckt sich mit der Wolldecke zu. So ist klar, dass wir wirklich nur nebeneinander schlafen.

Wir reden weiter, und er streicht mir mit den Fingern über den Arm. Auch wenn wir keinen Sex haben, fühle ich mich ihm nah, und anscheinend will er trotzdem mit mir zusammen sein. Trotz der Decke zwischen uns ist er in mir. Es stresst mich, dass er nicht mal einen Annäherungsversuch unternimmt, und ich bin unsicher, ob er mich vielleicht hässlich findet, aber als wir beschließen zu schlafen, nimmt er mich in den Arm und versucht zu verhindern, dass ich seine Erektion bemerke. Das hilft. Ich schlafe in seinen Armen ein.

Als wir am nächsten Morgen aufwachen, liege ich immer noch in seinen Armen und fühle mich in seiner Umarmung unbegreiflich sicher. Etwas Schlimmeres, als jetzt nach Hause zu gehen, kann ich mir gar nicht vorstellen. Ich versuche, mir einen Grund auszudenken, warum ich nicht heimgehen kann, als er mich plötzlich fragt, ob ich Pizza will, und auch wenn ich Frühstück oder irgendwas anderes Handfestes am Morgen danach sonst immer ablehne, sage ich diesmal Ja. Er bestellt sich eine vegane und ich mir eine vegetarische, auch wenn mir der Sinn eigentlich mehr nach Fleisch steht.

Nach dem Essen wäre es nur natürlich, dass ich endlich

heimgehe, weil es nun mal der Morgen danach ist und mir das Make-up des Vortags noch im Gesicht klebt und weil meine Chance für diese Zusammenkunft schon vertan sein dürfte. Doch dann fragt er mich, ob ich Eis mit Erdnussbutter und Himbeeren will, und das will ich ebenso sehr, wie weiter mit ihm zusammen zu sein.

Also gehen wir einkaufen und dann zurück zu ihm. Wir setzen uns in seiner Wohnung voller Poster von Künstlern, die ich nicht kenne, auf den Boden und essen Eis. Wir legen uns auf den Teppich, und ich finde, er wirkt wie der netteste Mensch der Welt mit Sinn für perfekte Eiskombinationen.

»Warum rasierst du dich unter den Armen?«

Mir schießt durch den Kopf, dass ich eine schwache Frau bin, weil ich mich rasiere. Er findet es bedauerlich, wie sehr die Schönheitsindustrie Frauen Schönheitsideale aufnötigt, die allesamt darauf aufbauen, dass wir uns quälen, indem wir uns rasieren und waxen und runterhungern. Indem wir uns schminken und unserem Äußeren täglich mit Hass begegnen. Er schämt sich für diese kranken Idealbilder, die Männer uns diktieren und die unerreichbare Erwartungen und Anforderungen an uns stellen. Ich höre ihm zu und finde, er übertreibt.

Stunde um Stunde vergeht, und wir hören nicht auf zu reden. Er scheint meiner nicht müde zu werden. Ich erwähne, dass ich vielleicht heimgehen sollte, weil es mittlerweile acht Uhr abends geworden ist und wir uns am Vortag kennengelernt haben; ich habe Todesangst, dass ich mich ihm aufdränge, dabei will ich nichts weiter, als bei ihm zu bleiben. Er sagt, dass ich gern noch mal übernachten darf, und mein Puls beruhigt sich, weil ich weiß, dass ich noch ein Weilchen mit ihm zusammen sein kann.

Ich leihe mir dasselbe T-Shirt und krabbele mit ihm unter die Decke. Meine Haut berührt seine, und ich spüre, wie sich sein Brustkorb bewegt. Ich fühle mich geborgen und bin zugleich erregt. Ich hatte keine Ahnung, dass das gleichzeitig geht.

Die Nacht verfliegt in einem Nebel aus vorsichtig tastenden Händen und schmerzlichen Schilderungen. Irgendwann haben wir Sex, aber das ist eher Nebensache.

Am Morgen danach bringt er mich zum Bus. Er hat nicht nach meiner Nummer gefragt, und ich habe mich nicht getraut, nach seiner zu fragen, weil ich ein Nein nicht ertragen könnte. Er fragt erst, als der Bus schon um die Ecke biegt, sodass wir uns beeilen müssen, und ich habe sie kaum eingespeichert, als ich auch schon einsteigen muss.

Er meldet sich, drei Minuten nachdem der Bus weitergefahren ist. Mit einem kleinen Insiderwitzchen.

Als ich bei mir zu Hause ankomme, fragt meine Mitbewohnerin, wo ich das ganze Wochenende gesteckt habe. Ich lächele, wie man nur lächelt, wenn man jemanden kennengelernt hat und glaubt, dass man etwas zuvor nie Gesehenes entdeckt hat. Ich erzähle ihr, dass ich jemanden getroffen habe, der von A bis Z magisch ist. Sie sagt mir auf den Kopf zu, dass ich verliebt bin. Total absurd, entgegne ich, weil ich ihn ja erst seit anderthalb Tagen kenne.

Ein paar Tage später verabreden wir uns. Im Möllan ziehen wir von Bar zu Bar und reden ununterbrochen. Er studiert Friedens- und Konfliktforschung und will irgendwann für eine Hilfsorganisation in Nicaragua arbeiten. Nach dem vierten Bier stehen wir draußen auf der Straße und hauen uns Dinge um die Ohren – auf den ersten Blick sind wir gegeneinander, auf den zweiten sind wir gegen die

Welt. Ich will mehr Nachhaltigkeit in der Politik, er eine Politik, die Mittel- und Südamerika stabilisiert. Wir werden ein Paar.

Nr. 34 schreibt und fragt, wer der Neue ist. Wie ich so schnell jemand Neuen kennenlernen kann. Wie ich mich so schnell neu verlieben kann. Nach einem Monat?! Er ist wütend. Das verstehe ich. Ich weiß nicht, wie ich es ihm erklären soll. Vielleicht liegt es daran, dass ich ihn so intensiv geliebt habe, dass nach unserer Trennung die Leerstelle sofort bereit war, neu angefüllt zu werden. Vielleicht hat Nr. 34 auch so viel Schaden angerichtet, dass ich jemandem, der mich haben will, einfach nicht widerstehen kann. Vielleicht hat es gar nichts mit ihm, sondern alles nur mit Oliver zu tun.

Nr. 34 ist unendlich weit weg. Er kann mich hier nicht mehr verletzen.

Oliver geht es nicht gut. Nie. Seine Eltern scheren sich nicht um ihn. Haben sie nie. Beide haben ihr Leben darauf ausgerichtet, der Realität zu entfliehen. Die Mutter mittels Alkohol und Arbeit, der Vater mit anderen Frauen. Lieber fliehen sie, als ihr Leben anzupacken und zu leben. Lieber fliehen sie, als sich um Oliver zu kümmern.

Er selbst hat sein ganzes Leben damit zugebracht, nicht fühlen zu müssen. Trotzdem hat er natürlich Gefühle. Für die Welt. Für alles. Für mich. Vielleicht weil er genau weiß, wie es sich anfühlt, wenn sich niemand um einen schert. Vielleicht weil die Sorge für andere darüber hinwegtäuscht, dass er sich um sich selbst sorgen müsste. Aber er liebt anhaltend und intensiv, auch wenn es immer hinter einer schwer zu durchschauenden Fassade der Lebensverachtung geschieht.

Wenn wir streiten, was so gut wie nie passiert, endet es oft in Selbstvorwürfen. Ich entschuldige mich bei ihm, weil ich auf irgendwas zu heftig reagiert habe, und er sich bei mir, weil er mich erst in diese Lage gebracht hat. Immerzu suchen wir den Fehler bei uns selbst und lassen dem anderen alles durchgehen. Wir lernen dazu, umsorgen und lieben uns, ohne zu verletzen. Als wäre das selbstverständlich.

Mit dem Sex gehen wir es langsam an. Tasten uns vor. Ich lege mein unbeherrschtes Ich auf Eis. Weiß, dass wir so weit noch nicht sind. Ich muss mich zusammenreißen. Es tut weh, dass ich den Sex nicht einsetzen kann, dass ich mich nicht mit ihm gemeinsam von allem anderen abgrenzen kann. Wir müssen nach wie vor gemeinsam mit der Außenwelt interagieren.

Oft schlagen ihm die starken Antidepressiva auf die Erektion, die sowieso schon gegen Jahre der gefühlsmäßigen Isolation ankämpfen muss. Er kommt nie, wenn wir miteinander schlafen, und das finde ich verletzend.

Durch seine mangelnde Fähigkeit, mich zu genießen, raubt er mir die einzige Selbstsicherheit, die ich habe: Was bin ich, wenn ich ihn nicht befriedigen kann?

Ich hatte eine depressive Phase, habe Vorlesungen geschwänzt und zwei Tage im Bett verbracht, ohne ein Auge zuzutun. Mein Zimmer ist das reinste Chaos. Ich hasse es, wenn es unordentlich ist, aber wenn mir die Kraft ausgeht, ist Saubermachen das Erste, worauf ich pfeife. Ich habe Angst vor einem Rückfall.

Oliver und ich telefonieren. Ich teile ihm mit, dass wir uns heute nicht treffen können, auch wenn es so ausgemacht war. Dass ich es nicht schaffe und keine gute Gesellschaft wäre. Spielt doch keine Rolle, erwidert er. Er will auch an schlechten Tagen mit mir zusammen sein.

Ich glaube, dass das gelogen ist. Glaube, dass er nur sagt, was sich gehört. Es ist mir unbegreiflich, dass er mit mir zusammen sein will. Ich sehe mich im Ankleidespiegel an meiner Zimmertür an. Wie hässlich ich bin. Dick. Er fragt, ob ich will, dass er vorbeikommt. Er sagt, er kommt gern. Dass wir uns einen Film angucken könnten und nicht reden müssten und uns einfach nur fest im Arm halten könnten. Ich will nichts lieber, als dass er kommt, traue mich aber nicht, ihn darum zu bitten. Ich schweige ins Telefon.

Er sagt, er versteht mein Schweigen als Ja und dass er zu mir kommt, wenn ich nicht binnen fünf Sekunden Nein sage. Ich schweige weiter und höre, wie er in seine Schuhe schlüpft. Bin erleichtert, dass ich ihn nicht darum bitten muss.

Eine halbe Stunde später steht er vor meiner Tür und hat Chips und Süßigkeiten mitgebracht. Er nimmt mich in den Arm, und ich fange an zu weinen. So stehen wir eine Zeit lang im Flur. Ich in seinen Armen und meine Tränen an seiner Schulter. Dann gehen wir in mein Zimmer und legen uns ins Bett.

Im Bett sind wir am besten. Ich hab das Gefühl, ich könnte die Schlafzimmertür hinter uns zumachen und müsste nie wieder rausgehen. Einfach zusammengekauert liegen bleiben. Abgeschirmt von der Welt. Oliver ruft einen Film auf dem Laptop auf, ich muss nicht mal aussuchen, und nach einer Viertelstunde schlafe ich ein.

Als ich aufwache, liege ich unter der Decke und Oliver neben mir. Er schnarcht ganz leise. Er hat aufs Kissen gesabbert und sieht nicht umwerfend aus, wenn er schläft, aber er ist niedlich. Wie ich diesen Mann liebe.

An ihn heranzukommen ist nicht leicht. Manchmal ist er komplett undurchdringlich. Ich will die ganze Zeit mit ihm zusammen sein. Ihn die ganze Zeit lieben. Manchmal braucht er auch Zeit für sich, sagt er. Um er selbst zu sein. Ich glaube, dass er mich nicht will. Dass er mich satthat. Dass ich ihm zu viel bin.

Oliver sagt, dass ich eine schöne Seele habe, aber über mein Äußeres sagt er nie etwas. Einmal frage ich ihn, ob er mich hübsch findet, und er antwortet, dass Aussehen für ihn unwichtig ist. Dass das Innere zählt. Ich nehme an, er will mir damit sagen, dass ich hässlich bin, aber immerhin Persönlichkeit habe. Von der er manchmal eine Auszeit braucht.

Ich bin zu viel. Zu hässlich. Zu dick. Wir sind zusammen, und das sollte mir Sicherheit geben, aber wenn er zu mir sagt, dass er allein sein will, sage ich einerseits Ja, andererseits geht etwas in mir kaputt.

Ich liege auf dem Rücken. Weine. Lache. Weine. Der Orgasmus war dermaßen heftig, dass sich meine Sinne verselbstständigt haben. Ich sehe nach unten in sein zufriedenes Gesicht zwischen meinen Beinen und muss unter Tränen lachen. Näher an ein religiöses Erweckungserlebnis komme ich nie wieder. Seine Zunge radiert mein Bewusstsein aus, und ich bin nicht mehr menschlich. Durch Oliver bin ich nur noch Muskelkontraktionen und Wärme, die sich von meiner Vulva ausbreitet in Richtung Bauch, Brust, Arme, Gesicht, Beine, Tränen, Fingerspitzen und Ohrläppchen.

Oliver liebt es, mich zu lecken, das spüre ich. Die üblichen Fragen – Sehe ich okay aus? Rieche ich okay? Schmecke ich okay? Findet er es okay, dass ich behaart bin? Ist er jetzt gelangweilt? Sieht mein Bauch aus seinem Blickwinkel fett aus? Widere ich ihn gerade an? – sind mit ihm verstummt.

Anschließend liegen wir uns in den Armen. Er will nichts zurück. Er gibt lieber, als zu nehmen. Fühlt sich wohler, wenn er zuhört. Aber je mehr Nächte wir durchquatschen, umso häufiger öffnet er sich. Ich hab ihn gerettet, sagt er.

Als ich bei Oliver ankomme, stapelt sich dort wie immer das Geschirr. Ich will kochen, also spüle ich ab, während er duschen geht. Ganz zuunterst stoße ich auf etwas Undefinierbares, und ich frage mich, wann er zuletzt gespült hat. Der Geruch hängt in der ganzen Wohnung, ich nehme Schmierseife und muss ordentlich schrubben, um das Spülbecken sauber zu kriegen. Oliver kommt mit einem Handtuch um die Hüften, meint, das hätte ich nicht machen müssen, und gibt mir zum Dank einen Kuss auf die Wange. Ich denke nur: Irgendwer hätte es irgendwann machen müssen. Und weil ich ohnehin schon Seife an den Händen habe, schrubbe ich auch gleich den Ausguss im Bad und die Kloschüssel, die mich seit Wochen nervt. Anschließend stelle ich mich unter die Dusche und mache dort unterdessen ebenfalls sauber.

Als ich aus dem Bad komme, liegt Oliver im Bett, und ich lege mich zu ihm. Er tastet sich unter mein Handtuch vor. Ich habe keine Lust, aber er ergreift nur selten die Initiative. Ich weiß, wie schwierig Sex für ihn ist, und will ihn durch ein Nein nicht verunsichern. Ich weiß, wie weh ein Nein tut. Ich ziehe das Handtuch beiseite, damit es ihm nicht im Weg ist. Er fängt an, mich zu lecken, und sobald ich das Gefühl habe, dass ich feucht genug bin, sage ich, dass ich ihn in mir spüren will. Während wir vögeln, keuche ich immer wieder, damit er das Gefühl bekommt, dass er es gut macht. Es ist schön, für ihn da sein zu können. Als ich hinreichend aufgestöhnt habe, sodass es als Orgasmus durchgehen könnte, hören wir auf. Während ich aufs Klo gehe, steht er auf und kocht. Das Geschirr lässt er hinterher stehen.

Ich koche für ihn, weil wir feiern wollen, dass er eine Prüfung in Konfliktlösung gut bestanden hat. Ich habe Kerzen angezündet und den Tisch mitsamt Servietten gedeckt. Er hat sich wegen der Note Sorgen gemacht, und ich bin erleichtert, dass das Ergebnis erfreulich ist. Dass die Prüfungsphase vorbei ist. Er hatte deshalb wochenlang schlechte Laune. Mir ist klar, dass er nicht auf mich sauer war, aber über seine schlechte Laune hinwegzusehen war nicht ganz leicht. Wann immer wir uns getroffen haben, war er lustlos und nicht bei der Sache. Antwortete kurz angebunden. Wenn ich irgendwas Lustiges erzählen wollte, seufzte er und erwiderte, das Leben sei sowieso sinnlos. Die paar Mal, bei denen es mir zu viel wurde, versuchte ich, ihn zu konfrontieren, aber da wurde er nur wütend. Meinte, er könne eben nicht perfekt sein. Meist habe ich ihn unter Druck gesetzt und gezwungen, darüber zu reden. Am Ende konnte ich ihm entlocken, dass er Angst hat zu versagen. Und da konnten wir über die Angst statt über seine Wut sprechen. Da fühlte ich mich ihm näher, erkannte mich selbst in ihm wieder. Das war beruhigend.

In der Wut kann man sich nicht wiedererkennen. Wut ist gleichbedeutend mit Distanzierung. Meistens ist es mir gelungen, die schlechte Laune abzufedern, und jetzt bedankt er sich, weil ich es immer hinkriege, dass er sich besser fühlt. Indem ich seinen Widerstand dagegen durchbreche, seinen Gefühlen auf den Grund zu gehen.

Ich frage ihn, ob ihm das Essen geschmeckt hat, weil er weder einen Ton gesagt noch sich bedankt hat. Es war sehr lecker, sagt er, und ich erwidere, ein Dankeschön wäre nett gewesen. Wie die letzte Spießerin. Natürlich, Verzeihung, sagt er, dass er so ein Trampel war und es nicht sofort gesagt hat. Ich wollte, er wäre nicht so empfindlich. Dann wäre es einfacher.

Oliver schreibt eine Seminararbeit über Transitional Justice, über Rechtsstaatlichkeit in Transformationsgesellschaften. Er ist voll bei der Sache. Ich versuche, ihm einige Knackpunkte bei der Loslösung von etablierten Rechtssystemen aufzuzeigen, und er wird defensiv. Ich hab richtig Lust, mit ihm zu diskutieren, aber er ist sofort sauer. Wie immer. Er meint, ich würde nicht verstehen, wie das Prinzip funktioniert, und ich halte dagegen. Als ich keine Lust mehr habe, findet er, dass ich langweilig bin, weil ich so leicht aufgebe.

»Verdammt, Sonia, bist du jetzt sauer, oder was?«

Ich denke darüber nach. Vielleicht bin ich unfair. Ich finde es gut, wenn er aufdreht, ich weiß schließlich, dass es im Grunde nur darum geht, dass er früher oder später an seiner Kompetenz zweifelt. Dass er befürchtet, die Arbeit könnte schlecht ausfallen. Da ist es unnötig, auch noch Zweifel zu säen.

»So hab ich es nicht gemeint, Oliver. Entschuldige. Ich bin bloß gerade etwas überempfindlich.«

Leicht angetrunken nach einem Freitagabend mit Freunden fahre ich zu ihm. Er hat die Tür nicht abgeschlossen.

Unterwegs habe ich eine Entscheidung gefällt. Ich bin mir sicher, in einer arrangierten Ehe wären wir auf ewig zusammen und glücklich. Aber nun führen wir keine arrangierte Ehe. Wir haben die freie Wahl.

Oliver dämmert vor sich hin. Als ich das Zimmer betrete, hebt er die Decke leicht an und erwartet, dass ich darunterschlüpfe. Stattdessen setze ich mich neben dem Bett auf den Sessel. Ich muss ihn ein paarmal anstoßen, bis er kapiert, dass ich mit ihm reden will. Er sieht mich ratlos an. Ich bin schrecklich nervös und traurig und weiß nicht, wie ich es ihm sagen soll. Eigentlich will ich zu ihm kriechen, die Sicherheit spüren, die von seiner Haut ausgeht – aber sie reicht nicht aus. Die Lösung für Kummer ist nicht, dass man sich davor wegduckt.

Er ist der tollste Mensch, den ich kenne, und trotzdem reicht es nicht. Nichts, was Oliver sagt, überrascht mich, da ist keine Spannung in seinen Antworten. Seine Traurigkeit finde ich anziehend, andererseits kommen wir so nicht zusammen. Und das Leben ist mehr als nur Traurigkeit. Zumindest will ich, dass es mehr ist.

Er sieht mir in die Augen. Ich weiß noch, dass er mir in unserer ersten Zeit nicht ins Gesicht sehen konnte, wenn wir über Gefühle sprachen. Das ist jetzt komplett anders. Ich sehe zuerst weg, dann wieder ihm in die Augen. Um mich selbst dafür zu bestrafen, sehe ich ihn an – um zu sehen, was ich ihm antue. Er sagt nichts. Stattdessen weint er. Tonlos. Er weint nur selten. Ihn so zu sehen, bin ich nicht gewohnt.

Mit jeder Träne fühle ich weniger. Es tut weh, aber sein Schmerz sorgt für Leere in mir. Er sieht vollkommen verloren aus. Als hätten seine Muskeln den Dienst eingestellt. Wie kann ich jemandem so viel bedeuten? Ich nehme ihn in die Arme und wollte, es würde ihm nicht so wehtun. Wünschte mir, ich hätte ihn nicht so verletzt. Er hat es nicht verdient, verletzt zu werden.

Schließlich ist nicht er daran schuld.

Zwei Monate später nehmen wir wieder Kontakt zueinander auf. Ich frage, ob er es noch mal mit mir versuchen will, dabei weiß ich gar nicht, ob ich es so meine. Weiß nur, dass ich ihn in meinem Leben vermisse. Ich fühle mich unendlich allein. Er sagt Nein, und dass er findet, dass ich recht hatte. Dass etwas fehlte.

Wir sind uns einig, dass wir nicht ineinander verliebt sind, aber wir sind uns ebenso einig, dass wir ohne die Wärme des anderen nicht leben können. Was immer daran schön ist, ist keine Verliebtheit. Oder aber wir sind beide zu kaputt, um etwas anderes als Freunde füreinander zu sein.

Ich hab es vermisst, ordentlich gevögelt zu werden. Der Typ aus der Bar, mit dem ich mich unterhalte, scheint interessiert zu sein – und ein Bekannter der Freundin, mit der ich hier bin, ebenfalls. Nacheinander tanze ich mit ihnen. Überlege, mit wem ich heimgehen soll. Ich entscheide mich für den Bekannten meiner Freundin. Er scheint ein Arschloch zu sein und ist ganz bestimmt imstande zu liefern, was ich brauche.

Ich gehe zu ihm und frage, was er später noch vorhat. Flüstere ihm ins Ohr. Die Stimmung ist aufgeheizt. Er sagt, dass er eine Freundin hat. Ich verstehe die Welt nicht mehr. Richtig fest zusammen sind sie nicht, aber so was in der Art, sagt er. Und das verstehe ich als Hintertürchen. Fahre ihm mit den Fingerspitzen über den Leib. Frage, ob er sich sicher ist. Ich war so darauf fixiert, mit ihm heimzugehen, und die Anzeichen waren so unmissverständlich, dass mich sein Verhalten überrascht. Er sieht mich an und lächelt. Nennt mich eine Verführerin.

Wie kommen die Typen nur immer auf diese Formulierung?

Am Tresen kaufe ich mir einen Shot und noch ein Bier. Dann kommt Oliver nach seinem Job an der Metro-Bar noch vorbei. Ich betrinke mich zusehends. Oliver will mich nach Hause bringen.

Sicher auf den Beinen bin ich wirklich nicht mehr, und

statt mich aufs Gehen zu konzentrieren, gehe ich in die Knie und fange an zu heulen. Ich heule, weil ich so widerlich bin. Weil Verführerin doch nur ein anderes Wort für die Nutte ist, der man widerstehen kann. Als hätte ich das alles nur gemacht, weil ich es cool gefunden hätte, ihn von ihr wegzulocken. Weil ich nie attraktiv genug bin.

Ich versuche, Oliver einen Kuss zu geben. Er weicht zurück. Ich schäme mich umso mehr. Er zieht mich auf die Beine, und wir gehen weiter zum Bus.

Zu Hause liege ich auf dem Boden, während Oliver Nudeln kocht. Sobald die Nudeln im Wasser schwimmen, legt er sich neben mich.

Ich setze mich auf ihn und fange an, ihn zu befummeln. Er bittet mich aufzuhören. Ich versuche es wieder. Er stößt mich weg. Ich lehne mich gegen den Küchenofen und höre, wie das Nudelwasser überkocht. Dass ich so wenig Anziehungskraft habe, widert mich an. Oliver legt sich schlafen.

Und mit einem Mal kommt mir ein Gedanke, den ich sofort beiseiteschiebe, indem ich mich hochstemme und Nudeln in mich hineinstopfe. Wenn Oliver eine Frau und ich ein Mann gewesen wäre. Was wäre das zwischen uns gerade gewesen? Wozu wäre ich fähig gewesen, um meine Angst zum Schweigen zu bringen, die so sehr wehgetan hat, dass ich fast durchgedreht wäre?

Ich sehe in den Spiegel und versuche, professionell auszusehen. Der Bleistiftrock betont auf schmerzhafte Weise all die Stunden, die ich nicht im Fitnessstudio verbracht habe. All die Stunden, in denen die Depression mich und mein Inneres verfettet hat. Ich ziehe mich um, mehrmals: dieser Rock, jener Rock. Schnitt, Schlitz, Stoffbahnen, Stofflügen. Versuche, Kleidungsstücke zu finden, die anderen vorgaukeln könnten, dass ich nicht so aussehe, wie ich nun mal aussehe.

Nur habe ich nicht den Körper einer Geschäftsfrau. Mit meinen großen Brüsten sieht jede Andeutung von Ausschnitt, jedes eng anliegende Oberteil nach Aufforderung aus. Ich habe über die Jahre verdammt viel Zeit damit verbracht, sexy auszusehen, und jetzt, da ich geschäftsmäßig wirken will, scheinen all meine Klamotten wie verzweifelte Versuche der Sexualisierung zu wirken.

Ich habe einen Praktikumsplatz bei einem Thinktank mit Schwerpunkt Nachhaltigkeitspolitik in der Nähe des Stockholmer Mariatorget bekommen und über ein Kleinanzeigenportal ein WG-Zimmer angemietet. Zwei Tage in der Woche Büro, den Rest der Zeit schreibe ich meine Abschlussarbeit.

Alle dort sind so viel schlanker und ordentlicher als ich; sie haben glattes Haar, manikürte Fingernägel und seit fünf Jahren denselben Partner. Sie werden zu Abendessen eingeladen, denken über Eigentumswohnungen nach und diskutieren über Inneneinrichtung.

Ich bin zu laut, lache zu viel, sage die falschen Sachen und erzähle zu viel aus meinem Privatleben. Auf Small Talk habe ich bald keine Lust mehr und auch weder Gespür dafür noch Interesse an Etikette und Manieren. Das Arbeitsumfeld sorgt dafür, dass ich mich wie eingesperrt fühle.

Oliver hat eine Neue, und sie ist schlank. Cool. Isst quasi gar nichts. Hat Achselhaare, und es ist ihr egal. Ich bin komplett orientierungslos, jetzt da er seine Aufmerksamkeit einer anderen schenkt. Auch wenn wir nicht mehr zusammen sind, waren wir füreinander weiter die erste Ansprechperson. Die, die man anruft. Das ist jetzt vorbei.

Eines Tages, als Oliver angetrunken ist und vergessen hat, dass wir mal zusammen waren, erzählt er mir im Vertrauen und stolz, dass seine Freundin den tollsten Körper hat, den er je gesehen hat. Glückwunsch, sage ich, und mir schießt durch den Kopf, dass kranke Schönheitsideale anscheinend kein allzu großes Problem mehr darstellen, wenn man selbst in den Genuss kommen kann. Ich hasse Olivers Neue.

Der Thinktank richtet in einem Schulungszentrum in den Schären eine Konferenz zum Thema nachhaltiges Reisen aus. Wichtige, engagierte Leute aus aller Welt – und ich. Ich bin überwältigt. Trinke zu viel, aber das machen die anderen auch. Betrunken landen ein paar Kollegen und ich in einem Raum mit Sofas und Sesseln. Eine zweite Praktikantin namens Linnea und ich haben uns angefreundet und fläzen nebeneinander auf einem Sofa. Die anderen plaudern und nicken wiederholt ein.

Es ist leise im Raum, als einer aus der Finanzabteilung sich neben uns auf die Sofakante setzt und anfängt, mir über den Rücken zu streichen. Ich halte still. Weiß nicht recht, was das werden soll. Linnea wacht auf und sagt, dass sie schlafen geht. Ich bleibe. Der Typ legt sich halb neben mich auf die Couch und streicht mir weiter über den Rücken.

Ich tue so, als würde ich schlafen. Findet er das hier okay, nur weil ich immer dumme Sprüche mache? Und weil ich frei Schnauze rede? Glaubt er, ich will was von ihm? Er ist fest angestellt, ich bin Praktikantin. Wir haben uns ein-, zweimal unterhalten. Auf Kuschelniveau sind wir noch lange nicht. Vielleicht hört er ja auf, wenn ich nicht reagiere.

Seine Hand ist überall, auch auf meinem Hintern. Ich frage mich, wie weit er noch gehen wird. Alle anderen im Raum sind eingeschlafen. Es kostet mich einige Kraft, aber auf die Spitze getrieben werden sollte das hier besser nicht.

Ich muss echt nicht wissen, wozu er noch imstande ist. Ich springe auf und sage zu ihm, dass ich schlafen gehen muss. Er sieht mich nur an.

»Du, das gerade war nichts Sexuelles.«

Ich verschwinde, klopfe bei Linnea und darf in ihrem Zimmer übernachten.

Es gibt keine Personalabteilung, aber selbst wenn wir eine hätten, wüsste ich nicht recht, was ich denen erzählen sollte, weil ja eigentlich nichts passiert ist.

Nr. 39

Irgendwer auf Twitter hat ihn Schwedens attraktivsten Sozialisten genannt. Er arbeitet als Politikberater für die Linke. In einem Beitrag aus den Morgennachrichten stellt er Wachstum als Maßstab für Fortschritt infrage, und dieser Clip ist womöglich das Heißeste, was ich je gesehen habe.

Wer immer sich beruflich mit Nachhaltigkeitsfragen beschäftigt, hat ihn im Blick. Weil er Ahnung hat und – womöglich hauptsächlich – eisblaue Augen.

Beim Get-together nach einer Podiumsdiskussion, bei der er kluge Sachen gesagt hat, spreche ich ihn an. Aus meinem Praktikum ist eine Anstellung geworden, ich bin mittlerweile sattelfest genug, um mich das zu trauen. Obwohl ich sie kenne, frage ich ihn nach einer Studie, die er auf dem Podium erwähnt hat, und seine Antwort ist begnadet. Als ich auf eine Zigarette rauswill, frage ich ihn, ob er mitkommen möchte, und als wir wieder reingehen, setzen wir unsere Unterhaltung bei mehreren Gläsern Gratiswein fort.

Als meine Kollegen beschließen, weiter ins Bishops Arms zu ziehen, kommt er mit, und wir reden immer noch. Ich erwähne, dass ich meine Examensarbeit über die Rolle des Rechtswesens in der Ressourcenverteilung bei Nullwachstum geschrieben habe. Die würde er gerne lesen, sagt er, ich soll sie ihm doch mal schicken. Dass ihn etwas interessiert, was ich geschrieben habe, ist cool. Ich erzähle von diversen Hypothesen, die ich durchleuchtet habe, wir reden weiter und weiter, gehen immer wieder zusammen rauchen, landen in einer Altstadtgasse um die Ecke und machen miteinander rum.

Er spricht (noch mehr als der Durchschnitts-Stockholmer) wie ein Schauspieler von der Dramaten-Bühne. Er hat eine sonore, bedachte Stimme. Klingt ernst. Trotzdem geht eine gewisse Nervosität von ihm aus, seine Hände auf meinen Brüsten und auf meinem Hintern fühlen sich unbeholfen an, und er legt eine Art überkompensatorische Überheblichkeit an den Tag, die in mir den Verdacht weckt, dass er früher hässlich gewesen sein könnte.

Ich frage ihn, ob er mit der Bahn mit zu mir kommen will. Ich kann spüren, dass sein Körper will, trotzdem sagt er Nein. Er hat sich erst kürzlich von jemandem getrennt und ist noch nicht so weit. Meine Enttäuschung angesichts der verpassten Sexgelegenheit ist nicht annähernd so groß wie der Kick, den es mir gibt, dass ich gerade mit jemandem rummache, den alle haben wollen.

Irgendwie passe ich mit jemandem, der nicht sexgetrieben genug ist, um gleich beim ersten Date zu vögeln, nicht gut zusammen, glaube ich; gleichzeitig bestünde die Möglichkeit, dass dieser Mann mich intellektuell nicht so schnell langweilt.

Ich lasse eine Woche verstreichen, um keinen übereifrigen Eindruck zu machen. Dann schicke ich ihm eine Facebook-Freundschaftsanfrage. Ein, zwei Stündchen später kommt eine Nachricht: *Danke für den schönen Abend neulich! ;)*

Wir texten eine Weile. Allerdings dämmert mir schnell, dass ich interessierter bin an unserem Kontakt als er.

Wir machen unverbindlich aus, dass wir mal auf Feierabenddrinks ausgehen, und nachdem ich mehrere Termine vorgeschlagen habe, wird es ein Freitag, an dem er zwar noch eine andere After-Work-Verpflichtung hat, aber ich könne ja später vorbeikommen.

Am Donnerstagabend dusche ich. Zupfe mir die Augenbrauen und die schwarzen Härchen zwischen meinen Brüsten, die nie verschwinden. Rasiere mir Beine und Bikinizone. Lege Unterwäsche raus.

Am Freitag kann ich mich kaum auf die Arbeit konzentrieren, greife alle vier Minuten zu meinem Handy, um nachzusehen, ob er geschrieben hat.

Um die Zeit zu überbrücken, bis wir verabredet sind, treffe ich mich mit ein paar Freunden. Gegen halb sieben schicke ich ihm eine zurechtgelegte, dem Anschein nach nonchalante SMS mit der Frage, ob später am Abend noch steht. Er antwortet um Viertel vor zehn.

Wir könnten uns gern noch treffen, falls es mir nicht zu spät geworden sei. Meine Freunde sehen mich verdutzt an, als ich sage, dass ich weitermuss. Als wäre es vollkommen klar, dass ich nach drei Stunden doch wohl nicht mehr mit Ja antworte. Seine späte Antwort bestätigt nur, was ich schon geahnt habe. Dass ich nicht wahnsinnig wichtig bin.

Nachdem ich eine Viertelstunde gewartet habe, antworte ich: *Klar geht das noch! Meine Freunde wollen gerade sowieso aufbrechen …*

Hätte ich auch nur einen Funken Selbstachtung, würde ich ihn in die Wüste schicken und stattdessen weiter mit den Freunden zusammensitzen, die mit mir gewartet haben. Stattdessen bestelle ich mir ein letztes Bier, das ich in mich hineinkippe, um mir Mut zu machen, und verabschiede mich eilig. Es ist nur ein Hintergedanke. Ich kann nicht fassen, dass ER noch mit mir abhängen will.

Wir treffen uns vor einer Bar in Vasastan. Ich bin nervös. Er sieht toll aus und wirkt völlig unbeeindruckt. Wir reden darüber, dass die Leute endlich den Ernst der Klimafrage einsehen müssen. Über Defizite der internationalen Zusammenarbeit. Über politische Akteure, mit denen wir uns schwertun (es sind mehr als die, die wir respektieren). Reden können wir, und im Handumdrehen ist es ein Uhr.

Als die Bar schließt, rauchen wir vor der Tür noch eine Zigarette, und er erwähnt leicht hölzern, dass er nur fünf Minuten entfernt die Wohnung eines alten Kumpels renovieren lässt und dort schon länger nicht mehr nach dem Rechten gesehen hat. Ich muss lachen, weil es so durchschaubar ist. Er überlegt es sich anders. Schlägt einen Spaziergang vor. Wir stellen beide fest, dass wir auf die Toilette müssen, und da ist sie: die fadenscheinige Ausrede, die wir beide gebraucht haben. Die Wohnung ist komplett unmöbliert. Hier und da liegt Pappe herum, um den Boden zu schützen, und in der Küche steht ein offener Farbeimer. Wir gehen auf den Balkon und setzen uns auf den kalten Boden. Rauchen und reden über das Leben. Oder besser gesagt: über sein Leben. Über seine Ex.

Ich stelle Fragen. Er antwortet. Ich tröste ihn und gebe Ratschläge. Signalisiere ihm, dass ich keine anderen Erwartungen habe. Dass ich bedeutungslos bin. Dass das hier natürlich nichts bedeutet. Er nennt mich klug, und irgendwann machen wir doch miteinander rum. Gehen nach drinnen und landen hinter dem von draußen erleuchteten gardinenlosen Fenster auf dem blanken Parkettboden.

Er hat Probleme, hart zu bleiben, während ich ihn reite, also blase ich ihm stattdessen einen. Ich nehme seinen Schwanz in die Hand und sehe zu ihm hoch. Sein Gesicht, sein Körper, sein Schwanz sehen verängstigt und verschreckt aus. In meiner eigenen Nacktheit und mit seinem halb schlaffen Schwanz in der Hand widere ich mich an. Hab plötzlich das Gefühl, ich hätte mich ihm aufgedrängt. Ich lasse ihn los. Stehe auf. Frage, wo er mit den Gedanken ist. Wie es ihm geht.

Er weiß es nicht, sagt er, und dass er noch nicht so weit ist. Dass ich nett bin. Schweigend ziehen wir uns an, und dann nehme ich ihn in die Arme. Er wirkt hoffnungslos verwirrt, und es fühlt sich an, als würde ich ihm helfen, und das ist ein gutes Gefühl. Er tut mir leid. Er ruft uns ein Taxi, und auf dem Rücksitz halten wir Händchen, bis er mich am nächsten U-Bahnhof rauslässt.

Wir schreiben uns weiter. Oder vielmehr: Ich schreibe ihm weiter, und er antwortet. Sporadisch. Als ich ihn frage, ob er mich noch mal treffen will, sagt er Ja.

Eines späten Abends ist es wieder so weit. Der Sex ist immer noch unbeholfen, aber wir können uns gut unterhalten. Ich ahne, dass er eher mit mir reden als mit mir schlafen will. Er will von mir bewundert werden, fühlt sich aber wohl nicht von mir angezogen. Was mich traurig macht. Ich will, dass er mich will. Wir lachen sogar, aber irgendwie handeln all unsere Scherze nur davon, wie toll er ist.

Ich finde es immer noch unglaublich, dass einer der coolsten Menschen in meiner Branche mit mir schlafen oder zumindest abhängen will. Allein dass ich von jemandem, den ich respektiere und zu dem ich aufschaue, wahrgenommen werde, führt bei mir zu Realitätsverlust und verschleiert all die deutlichen Zeichen dafür, dass wir in Wahrheit nicht zusammenpassen. Ich trage zu dieser Beziehung nichts weiter bei als Bewunderung. Aber immerhin das ist es ihm wert, an mir festzuhalten.

Er antwortet, wenn ich schreibe und frage, wie es bei ihm läuft. Wann immer ich erzähle, dass ich ihn in irgendeinem Beitrag gesehen habe und dass er toll war, bedankt er sich und ist glücklich. Wenn ich frage, ob wir uns treffen können, bleibt er vage. Dieser fortdauernde Kontakt in Kombination mit seinem offenkundigen Desinteresse kommt der knallharten Bestätigung meiner Befürchtungen gleich, dass ich mittelmäßig bin. Jedes Mal, wenn ich frage, ob wir uns sehen wollen, und er mir ausweicht, darf ich mich darin bekräftigt fühlen, dass ich mich schämen sollte, mir einzubilden, es könnte jemand an mir interessiert sein, den ich intellektuell wertschätze.

Ich weigere mich, seine zusehends weniger subtilen Hinweise wahrzunehmen, dass er sich nicht mit mir treffen will, weil ich die Schlussfolgerung nicht ertragen könnte. Aufzugeben hieße, sie hinzunehmen.

Er muss mich wollen. Auch wenn die sexuelle Chemie zwischen uns nicht stimmt. Er scheint nur mit mir befreundet sein zu wollen, aber das ist mir egal. Also schreibe ich ihm weiter. Es ist ein Uhr nachts. Manchmal auch später, nie früher. Oft antwortet er gar nicht. Ich schreibe immer dann, wenn ich Lust habe, ihn zu sehen, aber auch, wenn ich ihn gar nicht sehen will. Einmal texte ich ihm mitten in der Nacht, als ich gerade meine Tage habe, und als er ausnahmsweise mit Ja antwortet, bin ich überrascht, muss kleinlaut und erbärmlich fragen, ob es okay wäre, wenn wir nur kuscheln, weil es der falsche Tag ist, er sagt Nein, und ich könnte mich ohrfeigen, weil ich eine Nacht mit ihm vergeudet habe.

Wann immer ich fast so weit bin, dass ich aufgebe, schreibt er, dass wir »mal wieder ein Bier trinken gehen« sollten, oder antwortet auf meine Frage: »Dieses Wochenende nicht, aber vielleicht nächstes?«, statt einfach Nein zu sagen. Nie schlägt er etwas vor, weder ein Wann noch ein Wo. Aber der Funke Hoffnung reicht, um mir weiter einzubilden, dass er bloß beschäftigt ist, mich aber gern hätte treffen wollen.

Während ich noch darauf warte, dass meine Selbstachtung wiederkehrt, sitze ich eines Freitagabends auf der Bordsteinkante vor einem Club. In meinem Mundwinkel steckt eine Zigarette, und auf meinem Kleid sind Bierflecken, weil ich mit einem vollen Bierglas in der Hand tanzen war. Ich starre hinaus in die Nacht, die bald in den Morgen übergehen wird, und frage mich, warum ich es überhaupt noch versuche. Diesen ekligen, rauchenden Fettklops kann man doch gar nicht lieben. Ich schreibe eine SMS.

In diesem Augenblick bedeutet eine SMS an Nr. 39 genau das, was ich will und zu brauchen glaube: Bestätigung. Die Bestätigung, dass ich nichts bin und mir besser nichts anderes einbilde.

Meine Firma richtet eine Art Sommerfest in einem feinen Restaurant am Stureplan aus. Das Essen ist gut, trotzdem fühle ich mich in solchen Locations nie richtig wohl. Ich kann mich noch gut ans Jurastudium erinnern und daran, wie mich die Leute ansahen: wie irgendeinen komischen Kauz ohne Siegerinstinkt. Wenigstens fließt der Wein in Strömen, und die Stimmung ist okay, auch wenn meine Kollegen die Möglichkeit, sich gratis zu betrinken, natürlich nicht ausnutzen, sondern sich hauptsächlich brav amüsieren. Diese ach so netten Abende sind dermaßen nichtssagend. Sie langweilen mich.

Direkt neben uns gibt eine der großen Wirtschaftskanzleien ebenfalls ein Firmenessen. Und irgendwie sind sie anstrengend. Als ich zum Rauchen rausgehe, sitzen drei von ihnen draußen und rauchen. Einer raucht Zigarre. Es ist dermaßen affig. Ich bin schon leicht angetrunken und gelangweilt und mische mich in ihre Unterhaltung ein.

Sie fragen mich, wer ich bin, und gucken dumm aus der Wäsche, als ich antworte, dass ich mich als Juristin mit Nachhaltigkeitsfragen beschäftige.

Meine anständigen Kollegen, die alle früh aufstehen, brechen um kurz nach halb zehn auf, und ich hänge mit dem Trotteltrio im Außenbereich des Restaurants fest. Fange an, sie blöd anzumachen. Sie sind amüsiert. Ich frage, wer von ihnen der Oberaffe ist. Ohne sich auch nur im Geringsten zu wundern, sind sie sich einig: der mit der Zigarre. Er hat Hosenträger über dem gestreiften Oberhemd, halblange Haare, und ich bin völlig fasziniert, wie man so stereotyp ätzend aussehen kann.

In ihrer Gesellschaft fühle ich mich wohl, weil sie sich nicht verstellen. Sie sind wirklich genauso affig, wie sie auf den ersten Blick wirken, und das hat was Angenehmes. Diese Ehrlichkeit. Es beschert einem Sicherheit, wenn man genau weiß, was einen erwartet. Viele meiner Bekannten sind angesichts meiner sexuellen Eskapaden entsetzt und behandeln mich mitunter eher wie eine kuriose Figur als wie eine Freundin. Diese Typen hingegen sind komplett unerschrocken und steuern sogar noch ihre eigenen Anekdoten bei.

Der Typ mit der Zigarre erzählt von seiner letzten Thailandreise. Während wir schweineteure Drinks schlürfen, die hoffentlich ihre Kanzlei bezahlt, deutet er an, dass er sich auf dieser Reise sexuelle Gefälligkeiten geleistet hat, und ich hake ganz direkt nach, ob er je bei einer Nutte war. Ich hab noch nie jemanden von Prostituierten erzählen hören und bin überrascht, dass jemand so etwas überhaupt in Erwägung zieht. Er lacht und meint: »Alles schon passiert.« Ich habe mich auf ihren Jargon eingestimmt und bin so sehr in ihre Welt eingetaucht, dass ich wie von außen sehe, wie ich ihm High Five gebe.

Etwas später verlässt einer der drei den Tisch. Dann der Nächste. Nur noch das Arschloch und ich sind übrig. Wir reden über Sex. Ruck, zuck schlägt die Unterhaltung um in einen Wettbewerb darüber, wer die meisten Geschichten beisteuern kann und wer emotional am abgefucktesten ist. Er erzählt von einer Reise nach Kroatien, wo er im Hubschrauber auf eine Insel geflogen ist und Koks geschnupft und Neunzehnjährige gefickt hat. Ich erzähle ihm, dass mir mal jemand die Hand geschüttelt hat, während ich nackt auf einem Balkon lag und mir mit der anderen Hand die Titten verdeckte. Ich kann sehen, wie sein Blick an meinem Ausschnitt verharrt, als ich mir den Arm quer über die Brust lege, um die Szene von damals nachzustellen. Fühlt sich gut an, dass jemand wie er jemanden wie mich sexy finden kann. Ich nehme an, was immer er sonst aufreißt, ist dünner als ich und trägt Schlauchkleid und High Heels, in denen man nicht tanzen kann.

Wir bestellen uns zwei letzte Gin Tonic. Mit dem Glas in der Hand beugt er sich vor und schlägt einen Quickie auf der Toilette vor. Ich bin zwar auf einen Abend ohne Moral und dekadente Freiheit eingestimmt, habe aber auch meine Tage. Vögeln geht also nicht, sage ich zu ihm, aber ein bisschen Spielen geht allemal.

Wir verziehen uns wenig diskret auf die Toilette, und er zieht mir so fest das Top nach unten, dass der Träger reißt. Dann küsst er meine Brüste. Das macht er gut. Jetzt zu vögeln wäre echt gut. Stattdessen gehe ich in die Hocke. Er macht den Gürtel auf, holt seinen Schwanz raus, und ich nehme ihn zwischen die Lippen.

In derselben Sekunde, als ich ihn in meinem Mund spüre, überkommt mich dasselbe Gefühl wie am Ende einer Clubnacht, wenn das Licht angeht und man in seinem Rausch grell angestrahlt wird. Ich weiß nicht, wie ich darauf kommen konnte, dass das hier heiß sein könnte. Während er in meinem Mund kommt, erinnere ich mich wieder daran, wie er zuvor von seinen Nuttenabenteuern erzählt hat. Ich ekle mich mehr vor mir selbst als vor ihm. Ich wollte, ich könnte gewisse Dinge zurücknehmen. Ich wollte, ich wäre jemand, der sagen kann: Morgen ist auch noch ein Tag. Aber morgen ist Samstag, und außer Leere erwartet mich nichts. Ich schlucke.

Wir sind uns einig, dass wir besser Leine ziehen sollten, und ich verlasse die Toilette zuerst. Ich schleiche mich aus dem Lokal, damit er wenigstens auf der Rechnung sitzen bleibt. Ein kleiner Sieg in einem verlorenen Krieg.

Ich bin im Trädgården feiern, wo alle zu gehemmt sind, um richtig Spaß zu haben. Der Club besteht aus verschiedenen kleinen versteckten Bühnen und Tanzflächen – allesamt leer – und aus engen Nischen, in denen alle nur von Leuten reden, die sie ach so gut kennen, und von den Macken derer, die sie nicht kennen. Mir will nicht in den Kopf, warum erwachsene Menschen sich freiwillig auf Mittelstufenniveau zurückentwickeln. Aber die Tischtennisplatten sind schick.

Zufällig treffe ich einen Kollegen, mit dem ich hin und wieder auf einen After-Work-Drink gehe. Der ständig erzählt, dass er mich mit einem Kumpel verkuppeln will. Ich habe ein Bild des Kumpels gesehen und finde ihn verdammt heiß. Mein Kollege erwähnt, dass der Kumpel irgendwie depressiv und ziemlich destruktiv ist – also genau mein Typ. Vielleicht ist er ja auch da. Ich erkundige mich nach ihm und erfahre, dass er gerade gegangen ist.

Mein Kollege nippt an seinem Bier, entschuldigt sich im Voraus für seine Ausdrucksweise und sagt dann, dass sein Kumpel und ich bestimmt verdammt gute Fuckbuddies wären. Es klingt fast, als würde ihn die Vorstellung erregen. Er und ich haben uns immer wieder über meine Abenteuer unterhalten, und weil er eine Freundin hat, versucht er, stellvertretend durch mich die große Singlefreiheit zu erleben. So ist das mit meinen männlichen Freunden. Weil ich mich auf eine bestimmte Weise verhalte, die für sie selbst problematisch wäre, fiebern sie bei meinen Eroberungen nur zu gern mit. Sie stellen nichts infrage, sondern lachen über meine Geschichten.

Er wiederholt, was er gesagt hat, weil ich beim ersten Mal nicht reagiert habe, und ich muss lachen. Dann frage ich ihn, ob sein Kumpel überhaupt auf jemanden wie mich abfahren würde. Nein, sagt er, und dann noch mal: Aber wir beide wären bestimmt verdammt gute Fuckbuddies. Er schlägt vor, dass er mal einen Kinoabend zu viert einfädelt, ich erkläre ihm, dass das schlechte Voraussetzungen für einen Fick wären, und er lacht nur und meint, dass ich dem Kumpel ja im Kinosaal einen blasen könnte. Ich lache, weil er das wohl von mir erwartet. Reiße einen Witz: dass das echt genau mein Ding wäre. Ich höre ihm an, was er in mir sieht. Die kleine Schlampe, die super Blowjobs gibt und die er deshalb seinem guten Kumpel zuschiebt, der in der Hierarchie unter ihm steht. Und dessen Typ ich nicht bin. Aber dafür reicht's. Ich lasse ihn stehen, gönne mir zwei Tequila und knutsche in der Schlange vor den Klos mit einem Typen, der freundlich guckt.

Nr. 39 taucht überall auf: Auf Facebook wird mir ein Vortrag empfohlen. Meine Freunde retweeten irgendwas, was er über die Agenda 2030 geschrieben hat. Kollegen tun so, als würden sie ihn kennen, was gar nicht stimmt. Ständig dieses Namedropping.

Ich komme nicht von ihm los, auch wenn ich mir einrede, dass ich das möchte. Auch wenn ich von ihm eigentlich nichts mehr will. Warum bin ich der Meinung, dass er die Lösung für meinen bodenlosen Selbsthass sein könnte? Ich schreibe ihm eine SMS.

Keine Antwort.

Mir tut alles weh. Es könnte an den vielen Überstunden liegen, die ich bei der Arbeit vor dem Computer verbracht habe. Ich hab mir einen Termin im Ärztehaus geben lassen, weil ich Hilfe brauche mit meinem Nacken und den ewig wiederkehrenden Ängsten.

Der Arzt, der mich untersucht, dürfte in meinem Alter sein und sieht gestresst aus. Er starrt auf seinen Bildschirm, während wir reden. Ich erzähle ihm, dass ich im Schulterbereich und innerlich Schmerzen habe. Dass ich oft bis spätabends arbeiten muss und schon früher depressive Phasen hatte. Dass ich Angst davor habe, wieder auf bestem Wege in eine Dunkelheit zu sein, die ich nicht bewältigen könnte, und dass das ein Problem für mich ist, weil es vielleicht meine Arbeit beeinträchtigt. Ich brauche seine Hilfe.

Er stellt ein paar Rückfragen und tippt nebenbei etwas in den Computer. Sagt, dass er mich in eine psychiatrische Reha überweisen könnte. Ich bin verhalten erleichtert.

Er fragt, ob ich Sport mache. Ich winke lachend ab und erkläre ihm, ich wüsste, dass ich Sport machen sollte; dass mir bei der Vorstellung angst und bange wird, verschweige ich ihm, genau wie den Umstand, dass Sport für mich ebenso undenkbar ist wie Nichtrauchen oder Alkoholabstinenz. Er empfiehlt Sport gegen die Schmerzen nach langen Arbeitstagen, sieht zufrieden aus mit seiner Lösung und sagt, dass ich mich im Fitnessstudio anmelden sollte. Dann blickt er vom Bildschirm auf und mir ins Gesicht: »Und damit verschwindet vielleicht sogar die Depression.« Er lächelt mich fröhlich an, und ich gebe die Hoffnung auf.

Eine Woche später trudelt ein Brief bei mir ein: Zum einen die Mitteilung, dass sein Antrag auf psychiatrische Weiterbehandlung abgelehnt wurde, weil die Dringlichkeit nicht hinreichend begründet war. Zum anderen ein Formular, mit dem ich beantragen kann, dass dieser junge, gestresste Arzt mein behandelnder Hausarzt werden soll.

Ich werfe beides weg und habe weiter Schmerzen.

Nr. 40

Ich betrachte den Typen neben mir im Bett. Er hat rote Haare. Braune Augen. Eine farblose Persönlichkeit. Jemand, an den ich mich in den Sexpausen kaum erinnern kann.

Er will irgendwie mehr, und ich selbst habe keine Lust mehr auf Abenteuer. Er will eine festere Beziehung, und ich nehme an, er meint nicht mit mir, weil ich für eine feste Beziehung nicht tauge. Mich will man nicht haben, und er wirkt nicht kaputt oder auch nur leicht depressiv, sodass ich gar nicht wüsste, worüber wir reden sollten. Nur, wenn er doch etwas Festeres haben will, hätte er vielleicht nicht gleich beim ersten Date mit mir schlafen sollen. Er hätte nicht auf jede Nachricht antworten sollen, die ich ihm geschrieben habe, wenn ich feiern war. Er hätte nicht bei jeder SMS wie der verdammte Pizzabote vor meiner Tür auftauchen dürfen.

Er sagt, dass er keine Fickfreundin will. Das verstehe ich, sage ich zu ihm, trotzdem melde ich mich weiter bei ihm. Immer kurz vor Mitternacht oder später. Weiß nicht mal, ob ich ihn vögeln will. Weiß nicht mal mehr, was ich mir vom Vögeln erhoffe. Sei es mit ihm oder mit irgendwem. Trotzdem mache ich weiter. Und er kommt weiter vorbei.

Heute Abend weiß ich wirklich nicht, was Sache ist. Er ist doch hergekommen, was dachte er denn, was wir machen? Er sagt, dass er heute keinen Sex will, dass wir einfach nur zusammen einschlafen sollten. Ich streichle ihm über den

Schenkel. Ich frage mich wirklich, warum er verdammt noch mal um halb zwei vorbeigekommen ist, wenn nicht, um zu ficken.

Langsam geile ich ihn auf. So richtig. Ich spüre, dass er scharf ist. Bin zufrieden mit mir. Wir fummeln ein bisschen rum, aber als er nicht weiter gehen will, frage ich ihn, was los ist, und er erzählt, dass er glaubt, er könnte sich eine Geschlechtskrankheit eingefangen haben, und dass er ein Kondom gerade nicht erträgt. Dass er da sofort schlaff wird.

Ich bin genervt, weil er bei unserem ersten Mal kein Kondom benutzt, aber behauptet hat, dass er sich sonst immer schützt. In derselben Woche habe ich irgendwo gelesen, dass Leute ein Kondom eher weglassen, wenn sie den Partner attraktiv finden, insofern nahm ich es als eine Art Kompliment. Der infizierte, schlaffe Schwanz macht einen anderen Eindruck. Ich drehe mich weg. Bin drauf und dran zu heulen.

Ich muss kommen. Ich brauche die Tiefenentspannung. Und ich komme nur, wenn ich mich komplett verausgabe. Wenn mir schon alles wehtut. Wenn wir so ausgiebig gevögelt haben, dass die Grenze zwischen Erregung und Schmerz verschwimmt. Und nicht mal das will er mir geben. Er liegt einfach da mit seinem rottigen Schwanz und kann mir nicht eine Sekunde lang die Angst ausficken. Wie kann ich so abstoßend sein, dass ich sogar diesen Typen hier anbetteln und anflehen muss, dass er mit mir schläft?

Mir ist egal, was er sagt. Es sollte mir nicht egal sein. Mir ist völlig klar, dass man wohl kaum den Verdacht auf eine Geschlechtskrankheit ausplaudert, wenn man keine hat, aber das Einzige, was ich höre, ist: Ich will nicht mit dir schlafen.

Er nimmt mich in die Arme und dämmert ein, während

ich ein Ventil brauche. Langsam und vorsichtig fange ich an, meinen Hintern an seinem Schwanz zu reiben. Spüre, wie er härter wird. Der reine Automatismus. Er hält mich an der Hüfte fest und bittet mich aufzuhören. Weil er sich nicht zurückhalten kann.

Ich greife nach hinten, streiche am Saum seiner Unterhose entlang und über den Bauch. Auf Autopilot. Ich spüre, dass er bretthart wird. Er hält meine Hand fest, woraufhin ich stattdessen wieder meinen Hintern weich und wiegend an ihm reibe.

Nach zwei Sekunden packt er mich an der Schulter, drückt mich bäuchlings auf die Matratze, reißt sich die Unterhose runter und dringt in mich ein. Mit seinem ungeschützten verseuchten Schwanz.

Ich empfinde weder Erregtheit noch Lust oder Freude. Aber Erleichterung. Erleichterung, dass ich gevögelt werde.

Er kommt viel zu schnell. Es dauert keine zwei Minuten. Als er kommt, ist er vollkommen still und danach fast beschwingt. Ziel erreicht. Er springt aus dem Bett, holt sich Taschentücher und legt sich schlafen. Ich setze mich auf, damit es aus mir rausrinnen kann. Ich fühle mich leer.

Ich will ihn noch mal. Bin beim ersten Mal kaum in Fahrt gekommen. Ich muss beim Sex den Punkt erreichen, an dem ich abschalte und nichts mehr fühle. Nicht mehr weiß, wo ich bin oder wer ich bin. Ich muss dorthin gelangen, wo die Apathie überhandnimmt, aber er ist müde. Er muss schlafen. Er sucht sich eine bequeme Schlafposition, schließt die Augen und sagt mit einem Lächeln auf den Lippen, dass ich mit meinem Selbstvertrauen echt sexy bin. Wie schlecht er mich kennt, denke ich, und wie gut ich darin bin, diejenige zu sein, die ich für ihn sein soll.

Ein paar Monate später melde ich mich erneut bei ihm – nach einer Antibiotikakur gegen die Chlamydien, die ich ihm abgenötigt habe. An diesem Abend hat keiner meiner anderen Kontakte angebissen, und in der Kneipe konnte ich auch keinen aufreißen. Er schreibt zurück, dass er jetzt eine Freundin hat.

Ich sehe auf Facebook nach. Sie sieht nett aus, und ich ahne, dass sie für immer zusammenbleiben. Und dass ich für ihn eine sexy Erinnerung bleibe, die er besser für sich behält. Etwas, wovon er manchmal heimlich träumt, wenn seine nette Freundin ihn nicht ermuntert, ihr den Schwanz zwischen die Brüste zu schieben. Wenn sie stattdessen Grenzen zieht und er rücksichtsvoll sein und auch ihren Wünschen nachkommen soll. Dann kann er an die Frau zurückdenken, die man einfach nur aufs Bett werfen und ficken musste, bis man explodierte.

Nr. 41

Es gibt Leute, die sagen, hässliche Frauen sind so dankbar, wenn sie Sex haben, dass sie bereit sind, alles zu tun. Ich glaube nicht, dass es Dankbarkeit ist. Ich glaube, es ist Erleichterung. In härteren Momenten. Wenn sie Hure zu dir sagen. Wenn sie dich zum Objekt reduzieren, sodass es sich anfühlt, als sähest du gut aus. Wenn sie dir den Schwanz so tief in den Hals schieben, dass du kaum noch Luft bekommst, fühlst du dich schön. Schönheit, die mit Persönlichkeit nichts zu tun hat.

»Bist du eine gute Hure?«, raunt er mir ins Ohr, und die Frage allein erregt mich. »Ja«, antworte ich und fühle mich sexy. Wie er heißt, hab ich vergessen, aber ich weiß, dass ich ihn heißmache. Das ist schön.

Ich stehe im Raucherkabuff eines Clubs irgendwo in Södermalm. Ich habe meine Zigaretten in meiner Jacke an der Garderobe gelassen, um mir Kippen inklusive Sex zu erschnorren. Niemand beißt an. Ich sehe auf mein Handy, versuche es mit Tinder und gebe irgendwann auf. Rufe meinen Kalender auf und rechne nach, wie viele Tage seit meiner letzten SMS an ihn vergangen sind. Fünfzehn. Okay. Das ist in Ordnung. Nr. 39 denkt ohnehin nie an mich, da dürfte es sich für ihn auf jeden Fall nach einer ganzen Weile anfühlen.

Ich frage, ob wir uns auf eine Zigarette irgendwo treffen wollen: Ich sei in der Nähe. Wie üblich sagt er Nein, fügt aber hinzu, dass er jemanden datet. Ich bin verwirrt. Was kümmert es mich, wenn er jemanden datet? Erst kapiere ich gar nicht, was das eine mit dem anderen zu tun hat. Ich will schließlich nichts von ihm. Ich träume nicht davon, mit ihm in den Urlaub zu fahren, seine Familie kennenzulernen, und stelle mir auch nicht vor, wie der gemeinsame Sonntagsbrunch aussehen könnte. Ich habe nur diese unerreichbare Fantasie, dass er mich haben wollen könnte. Nur die nicht existierende Chance auf Bestätigung durch ihn.

Ich schreibe zurück, wie nett für ihn, dass er jemanden datet, dass ich ihn gar nicht daten will, und dann frage ich, wie lang er sie bereits kennt. Er antwortet, eine SMS halb eins Samstagnacht würde doch gewisse Dinge nahelegen. Und dann noch: ungefähr seit einem halben Jahr.

Ich erkläre ihm, dass ich bloß auf gelegentliche Treffen eventuell mit Sex aus bin (auch wenn ich selbst nicht daran glaube) und dass ich seinen Verstand schätze. Ich will ihn nicht daten. Er sagt, dass er meinen Verstand auch sehr schätzt. Um auf Nummer sicher zu gehen und damit er unter keinen Umständen denkt, dass er mir etwas bedeutet, schreibe ich noch:

Ich bin nicht in dich verknallt, falls du das glaubst.

Ja, ok aber ich date nun mal jemanden …
Ich war einfach nur ein bisschen unsicher.
Gut, dass du's klargestellt hast.
Aber wir sehen uns bald! ☺

Die Demütigung schleicht sich Minuten später an. Ein halbes Jahr. Einzelheiten fügen sich zusammen und verweben sich zu einem festen Strick, der sich mir um den Hals legt. Mir kommen verdrängte Erinnerungen aus einem geschlagenen Jahr. Nach und nach drängen sie sich mir in immer schnellerem Tempo ins Bewusstsein.

Ich kann nicht mehr so tun, als wüsste ich von nichts. Als wäre da irgendwas anderes, was noch eine Rolle spielt. Ich kann nicht mehr so tun, als wären seine Ausreden – zu viel zu tun, andere Verpflichtungen – nicht die schlecht verhohlene Ansage, dass ich ihm scheißegal bin. Ich kann nicht mehr so tun, als wüsste er nicht, dass ich genauso erbärmlich bin, wie ich mich fühle. Hat er über mich gelacht? Seinen Freunden Fotos von mir gezeigt? Hab ich einen Spitznamen? Oder bin ich sogar dafür zu unbedeutend? Bestimmt denkt er überhaupt nie an mich. Ich war nicht wichtig genug, als dass er mich in Kenntnis hätte setzen wollen. Zu unspannend, um ein kleines Update wert zu sein. Für ihn ist es bestimmt ganz fantastisch, hier und da eine SMS zu kriegen und zu wissen, dass jemand an ihn denkt, und sich dann umzudrehen und seiner Freundin einen Kuss zu geben.

Ich gehe wieder rein und halte starr auf die Bar zu. Überall fröhliche, tanzende Leiber, gegen die ich mich nicht wehren mag. Ich bin allein hier, einsam in diesem Club und einsam in meinem Leben.

Ich bestelle mir ein Bier, mit dem ich die Einsicht hinunterspülen will, dass ich niemandem etwas bedeute und am allerwenigsten ihm.

Nr. 42

Nach einem Clubabend gehe ich allein nach Hause. Mal wieder. In der Schlange vor dem Kebabwagen lande ich hinter einem Typen, der auf sexy Art kaputt aussieht. Raspelkurzes Haar. Eigentlich habe ich für heute Nacht aufgegeben und rechne schon damit, meine Einsamkeit mit Fressen statt Sex zu betäuben, aber als ich ihn frage, ob er eine Kippe für mich hat, sagt er Ja, glotzt mir tief in den Ausschnitt, und was er sieht, scheint ihm zu gefallen.

Ich wünschte, dass meine Antriebskraft nicht die Selbstbetäubung wäre, und ich weiß, dass das hier nicht lange halten wird, aber nun steht er da, ich erzähle ihm, wo ich wohne, und frage, ob er mitkommen will.

Tatsächlich wohne ich ein gutes Stück weg, aber die Sommernacht ist mild, wir haben Wegzehrung dabei, also spazieren wir kurz entschlossen gemeinsam zu mir. Ich frage ihn nach seinem Leben.

Er erzählt, dass er Fußball spielt, Bayern-München-Fan ist und Berufssoldat. Ob das nicht schwierig ist, frage ich, und ob er nicht moralische Bedenken hat, wenn er Befehle befolgt. Er findet es befreiend, nicht selbst denken zu müssen, antwortet er, und dass er sein Leben unkompliziert halten will. Ich finde das ziemlich krank und muss sofort an Kriegsverbrechen denken.

Mit jedem Satz, den er sagt, wird er mir unsympathischer. Ich fürchte schon, dass ich die Lust verloren haben werde, bis wir bei mir zu Hause sind, und bekomme Panik. Ich brauche heute Nacht Sex. Ich behaupte, dass ich müde Beine habe, und spendiere uns ein Taxi.

Während der Fahrt fange ich an, mit ihm zu knutschen, nur damit ich mir nicht noch mehr wertlose Details aus seinem Leben anhören muss. Ich muss heute Nacht Sex haben.

Als wir bei mir sind, verschwindet er auf der Toilette und kommt mit größeren Pupillen zurück. Er rammelt wie ein Egomane, aber mit Tempo. Eigentlich ganz cool. Mit jemandem zu vögeln, den ich nicht respektiere, ist wunderbar.

Das Erste, was ich am nächsten Morgen vor Augen habe, ist ein CARPE-NOCTEM-Tattoo auf einem muskulösen Arm. Ich frage mich, wie betrunken ich gewesen sein muss, dass ich das zuvor übersehen habe. Und wie gut, dass ich es nicht gesehen habe, weil ich andernfalls wirklich nicht mit ihm hätte schlafen können.

Ich wecke ihn und teile ihm mit, dass ich bald losmuss. Eilig zieht er sich an und verschwindet. Allerdings darf ich ihm noch hinterherlaufen, weil er seine Kreditkarte auf der Toilette verloren hat. Er lacht, ich lache, und auch wenn er echt hohl ist und unter Garantie rechts wählt, hat er es immerhin geschafft, mein Gehirn für ein paar Stunden zum Schweigen zu bringen.

Nr. 43

Auf mir liegt ein breitschultriger, großer, seriöser Architekt. Tinder hat wieder geliefert. Leichte Enttäuschung bei 100 Prozent Fickwahrscheinlichkeit. Das Date war nicht schlecht, allerdings ohne jede erinnernswerte Einzelheit. In drei Stunden mit diversen Bieren bin ich zu dem Schluss gekommen, dass er ziemlich nichtssagend, aber immerhin süß ist und einen freundlichen Eindruck macht. Als er gefragt hat, ob wir zu ihm gehen wollen, hatte ich eigentlich keine Lust, mir fiel aber auch kein Grund ein, warum ich Nein sagen sollte.

Jetzt liegt er flach auf mir – Kopf an Kopf, kein Blickkontakt. Ohne jedes Gefühl und ohne einen Mucks rammt er mich rhythmisch.

Ich denke darüber nach, ob man sich nach einer zu langen Ehe nach solchen gefühllosen Begegnungen sehnt. Mir kommt eine Szene aus *Die fabelhafte Welt der Amélie* in den Sinn, und in der Absurdität erkenne ich mich wieder. Muss mich zusammenreißen, um nicht laut loszulachen. Spähe zum Wecker und fange an, ein bisschen außer der Reihe zu stöhnen, damit er kommt, aber er scheint sein eigenes Rennen zu laufen, und in dieser Gleichung bin ich verhältnismäßig irrelevant. Ohne etwas zu sagen, stemmt er den Oberkörper hoch, stützt sich mit einer Hand am Kopfende auf und legt mir die andere leicht ungelenk um den Hals. Er packt nicht fest zu, es hat eher den Anschein, als würde er einer Anleitung folgen, die er mal in einem Porno gesehen hat, als dass es wirklich der Erregtheit dienen würde. Ich weiß nicht richtig, was ich machen soll, also halte ich den Mund und hoffe, dass er bald fertig ist. Er bricht den Versuch ziemlich schnell ab, legt sich erneut auf mich und nimmt seinen vorigen Rhythmus wieder auf. Als er zu guter Letzt fertig ist, zieht er sich aus mir zurück und sagt, dass er schnell in die Küche Wasser holen geht. Keine Ahnung, ob er gekommen ist, weil er sein Bewegungsmuster kein bisschen verändert hat und ich ihm nicht ins Gesicht sehen konnte.

Während er in der Küche ist, krame ich eilig meine Klamotten zusammen, um zu verschwinden. Er kommt mit zwei Gläsern Resorb, diesem isotonischen Getränk, zurück und summt etwas vor sich hin, was vage nach »Oh Boy!« von Peps Persson klingt.

Ich behaupte, dass ich nach meinen Kontaktlinsen suche, um nicht zugeben zu müssen, dass ich die Flucht ergreifen wollte. Weiß nicht, ob er zu blöd oder einfach nur desinteressiert ist, aber er nimmt mir die Erklärung ab. Ich kippe das Getränk in mich hinein. Ich muss heim, sage ich, morgen in aller Herrgottsfrühe hab ich den Wäschekeller gebucht.

Ich nehme an der Juristenwoche der Stockholmer Uni teil, wo Berufstätige sich mit Studierenden treffen und sich deren zurechtgelegte Lebensentwürfe und Ambitionen anhören dürfen. Nach diversen inhaltsleeren Unterhaltungen komme ich mit ein paar Studentinnen mit Höhere-Töchter-Ausstrahlung ins Gespräch, die aufrichtig engagiert wirken. Als der Tag zu Ende geht, fragt eine von ihnen nervös, ob ich vielleicht noch auf ein Bier mitkommen mag. Zu einem Bier sage ich nie Nein.

Ich gebe ihnen ungefragt Ratschläge fürs Leben, fühle mich, als hätte ich es geschafft, und aus einem Bier werden zwei und dann fünf. Wir ziehen weiter in die Innenstadt in einen Club. Ich lade sie auf ein paar Shots ein und gehe mit einer von ihnen zum Rauchen. Als ich sie frage, wer sie am meisten in Fragen der Nachhaltigkeit inspiriert, muss sie lachen. Ich frage, was daran so lustig ist, und sie erzählt mir, dass sie mehr oder weniger was mit dem Coolsten aus diesem Bereich am Laufen hat.

Sie braucht gar nicht mehr zu sagen. Ich weiß exakt, wen sie meint. Dass abwechselnd unser beider SMS auf seinem Handy eingetrudelt sind. Mir ist klar, dass sie nicht diejenige ist, mit der er zusammen ist, weil ich der Frau auf Instagram folge. Diese hier hat er nebenher. Ein weiteres Mitglied seines Fanclubs. Eine von vielen Telefonnummern mit ein und derselben Funktion.

Ich bringe es nicht übers Herz, ihr zu sagen, dass sie eine von Dutzenden ist, weil ich es schließlich nicht sicher weiß. Sie ist wesentlich hübscher als ich. Sie ist womöglich das, was gewünscht ist. Ich weiß nur, dass ich es nicht bin.

Sie erzählt mir, dass er derzeit was mit einer anderen hat, aber wenn sie ihm nur ein, zwei Wochen Zeit gibt, steht er wieder bei ihr auf der Matte. Er muss nur erst diese andere loswerden. Ihre Aussichten klingen besser als meine.

Ich muss nach Hause, sage ich zu ihr und umarme sie zum Abschied mit einer Mischung aus Eifersucht und Mitleid.

Von ein paar Bekannten – weil ihn im Freundeskreis einfach jeder erwähnt – erfahre ich, dass eine dritte Frau ihn schließlich konfrontiert hat. Ich rufe sie auf Facebook auf. Sie ist natürlich bildhübsch und jung. Ebenfalls viel jünger als ich. Sie sagt, sie hat ihn als Arschloch beschimpft. Ihm für sein Verhalten Feuer unterm Hintern gemacht. Ihn als gefühlskalt und unnahbar bezeichnet. Ich bin froh, dass ihm jemand Paroli geboten hat, weiß aber auch, dass ich das nie könnte. Ihre Selbstachtung gibt mir für die nächste Generation Hoffnung und unterstreicht nur, wie verloren meine eigene ist. Oder zumindest ich.

Nr. 44

Er muss los, sagt er. Dass ich sein zweites Tinder-Date überhaupt war und er nie gedacht hätte, dass es so nett werden könnte, weshalb er sich leider noch mit Freunden verabredet hat, die schon auf ihn warten. Ich werde hektisch. Wir hatten einen echt netten Abend und haben über Windkraft und Kohleabbau und Aktivismus geredet, und jetzt will er gehen. Ich glaube wirklich, mit ihm würde ich mich ein zweites Mal treffen wollen, und mache mir Sorgen, dass er das nicht wollen könnte, außerdem ist es erst neun, und für den Rest des Abends habe ich keine Pläne.

Er hat im selben Tempo getrunken wie ich und im selben Tempo geraucht wie ich, und wir haben viel gelacht, insofern passt es doch eigentlich. Warum will er also nicht bleiben? Wenn wir jetzt Sex haben, wird er denken, dass ich ihn nur deshalb treffen wollte. Es kommt mir vor wie diese Art Test, bei dem man Kinder in ein Zimmer steckt und ihnen ein Marshmallow gibt, und wenn sie es schaffen, das Marshmallow eine Stunde lang nicht anzurühren, kriegen sie zwei.

Ich entwickle meinen eigenen Marshmallowtest und lege meine Hand ein Stück zu weit oben auf seinen Oberschenkel, lächele ihn schief an und sage, dass es sehr, sehr schade ist, dass er schon gehen muss. Er hat sofort verstanden. Der Typ ist nicht blöd. Ich beuge mich vor, fange an, mit ihm zu knutschen, und sehe in seinen Augen, wie sein Gehirn auf

Hochtouren rattert und versucht, eine Lösung für das hier zu finden.

Wir verlassen die Bar, und er erwähnt, dass sein Büro ganz in der Nähe liegt – irgendein schickes Internet-Start-up, bei dem ich nicht durchblicke. Er nimmt meine Hand, und wir schlendern ein paar Blocks weiter. Zwischen massenhaft Macs, provokanter Kunst und Bannern mit generischen Motivationssprüchen haben wir Sex auf einem Sofa mit Paisleymuster. Es geht wild und sexy zu, und er ist ziemlich grob, aber das ist nicht weiter dramatisch, weil wir heiß aufeinander sind und er ziemlich cool ist. Anschließend scherzen wir, dass er jetzt beim Montagsmeeting ein bisschen was zu erzählen hat. Dann ziehen wir uns an, und er fährt zu seiner Verabredung mit seinen Freunden und redet lieber mit jemand anderem als weiter mit mir. Ich fahre heim in meine leere Wohnung. Ich schreibe ihm noch und bedanke mich für den schönen Abend, er bedankt sich bei mir, und dann hören wir nichts mehr voneinander.

Er ist Professor für Humanökologie an der Stockholmer Uni, gern gesehener Gast in den Medien und hat einen viel beachteten Blog. Seine Vorlesungen an der Uni sind immer voll besetzt, und die Studenten vergöttern ihn. Er ist um die fünfzig, glücklich verheiratet und hat einen kleinen Sohn. Er sieht nicht umwerfend aus, war aber früher sehr attraktiv. Ich weiß nicht, ob das eine Rolle spielt, aber zumindest glaube ich es.

Er hat gerade einen Vortrag in meiner Firma gehalten, und beim anschließenden Get-together spricht er mich an. Wir sind uns schon mal begegnet, aber daran scheint er sich nicht zu erinnern. Damals stand er mit einer unserer Praktikantinnen zusammen, berührte sie am Arm und fragte sie, ob sie viel trainiere, während sie versuchte, ihm freundlich und diskret beizubringen, dass sie einen Freund hat. Es war uns allen unangenehm, und eine Kollegin und ich nahmen sie später beiseite und fragten, ob bei ihr alles okay sei.

Mit das Erste, was er zu mir sagt, als wir uns zum zweiten Mal begegnen, ist, dass er mich aufgrund meines schonischen Dialekts kaum versteht. Ich schnaube, weil der Aufhänger direkt aus dem Buch *Die perfekte Masche* zu stammen scheint. Ich halte dagegen, mache mich über sein Stockholmerisch lustig, und den Rest des Abends unterhalten wir uns. Das Gespräch stresst mich. Er hat diese Gelassenheit und Überlegenheit, die so eine Situation leicht unbehaglich machen; mir ist klar, dass er ein wichtiger Geschäftskontakt und es von Vorteil ist, wenn er mich mag. Ich mache es wie immer. Reiße ironische Witze auf meine Kosten, damit mein Gegenüber was zu lachen hat. Aber er lacht nicht. Er nimmt meine Bemerkungen wörtlich und reagiert darauf, was dazu führt, dass er weiter die totale Kontrolle über das Gespräch hat, während ich einfach nur etwas gesagt habe, was mich selbst niedermacht. Eins zu null für ihn.

Als sein Kollege auf uns zukommt und ihm zu verstehen gibt – ohne mich eines Blickes zu würdigen –, dass sie gehen müssten, bin ich erleichtert. Zehn Minuten nachdem sie die Party verlassen haben, schickt er mir eine Freundschaftsanfrage. Ich hab das Gefühl, dass ich gar keine andere Wahl habe, als sie anzunehmen. Er ist immerhin jemand, dem man im Arbeitszusammenhang begegnet.

Das erste Mal schreibt er mir am Freitag in derselben Woche. Um elf Uhr abends. Ich sehe regelrecht vor mir, wie er zu Hause in seiner Bibliothek sitzt und Whisky trinkt. Frau und Kind schlafen schon. Er schreibt also, und ich antworte, obwohl ich eigentlich gar nicht will. Weiß nicht, was ich sonst tun soll. Er ist ein wichtiger Kontakt. Ich denke kurz nach und beschließe, dass ich ja antworten kann, aber keine Gegenfragen stellen sollte. Irgendein Zwischending, damit der Chat im Sande verläuft.

Nun bin ich feiern, und je betrunkener ich bin, umso großmäuliger werde ich. Er schreibt, dass ich nicht so pampig sein soll, dass ich netter sein sollte. Dann macht er es vor und ist nett, indem er mir Komplimente macht. Er schreibt, dass er mich »erfrischend und fröhlich« findet. Und dass diese Eigenschaften zusammen mit meinem jüdischen Glauben mein vorlautes Wesen aufwiegen. Inzwischen ist es halb zwei. Diese Konversation dauert jetzt schon drei Stunden, und ich habe nicht eine Gegenfrage gestellt. Ich nehme an, dass er mittlerweile angetrunken sein dürfte, dass er heiß ist und via Messenger mit jungen Studentinnen und frisch Graduierten chattet. Wie unangenehm, dass er zu glauben scheint, dies hier sei ein Spiel, das wir beide spielen. Dass dies hier ein Flirt sei. Mein loses Mundwerk stößt ihn nicht ab, sondern reizt ihn.

Er schreibt weiter und versucht, die Unterhaltung wieder in Gang zu bringen. Erzählt, dass er gestern Falafeln gemacht hat, so wie man sie in Malmö macht. Ich antworte schließlich nach ein paar Tagen, weil ich immer noch besorgt bin, es könnte sich beruflich negativ auswirken, wenn ich ihn abblitzen lasse. Irgendwann verläuft die Sache endlich im Sand.

Ein paar Monate später peitscht ihm im Zusammenhang mit #MeToo ein Shitstorm um die Ohren. In seinem Blog hat er sich über Männer geäußert, die schamlos über gewisse Grenzen gehen. Unter dem Blogbeitrag häufen sich anonyme Kommentare von Frauen aus seinem Umfeld, die der Ansicht sind, dass auch er gewisse Grenzen überschritten hat. Oder hauptsächlich: dass er sich dauerhaft an der Grenze bewegt. Als er die Kommentarfunktion schließt, geht es in einer anonymen Facebook-Gruppe munter weiter.

Eine hat er nach einer Konferenz noch auf ein Glas Wein in sein Hotelzimmer eingeladen. Eine sollte ihm sexy Bilder schicken. Eine hat er »versehentlich« an den Brüsten berührt – alles junge Studentinnen oder frisch von der Uni. Nie Kolleginnen. Auf diese Weise hält er wohlkalkuliert und dauerhaft seinen Machtvorteil aufrecht. Nichts von alldem ist wirklich ein Übergriff. Und doch ist alles ein Übergriff.

Es ist schwer, es genau zu benennen. Der Tonfall. Diese

Reaktion, jener Kommentar, eine Geste, ein Blick. Man weiß intuitiv, dass derjenige, mit dem man sich unterhält, einen nicht respektiert, einfach nur, weil man eine Frau ist.

Er bleibt weiterhin Professor, hält aber keine Vorlesungen mehr, obwohl das immer der beliebteste Teil seiner Arbeit war. Der Blog geht vom Netz.

Ich schreibe ihm via Messenger. Es ist schon eine Weile her, dass er mir als Praktikantin auf einem Sofa den Rücken gestreichelt hat. Er arbeitet nicht mehr für uns, trotzdem fällt es mir schwer, damit abzuschließen, auch wenn es bei Weitem nicht das Schlimmste war, was sich Männer bei mir herausgenommen haben. Auch wenn das Überschreiten von Grenzen die Grundregel zu sein scheint, habe ich vielfach das Gefühl, dass ich dazu beitrage und mithelfe, Grauzonen zu schaffen. Aber dies hier war nicht meine Schuld. Wir zwei waren nicht miteinander befreundet, wir haben kaum je ein Wort gewechselt.

Ich schreibe ihm leicht unbeholfen, dass ich mir unsere Begegnung im Zuge der #MeToo-Debatte noch mal durch den Kopf habe gehen lassen und es dazu vielleicht keinen ganzen Satz, aber doch noch ein, zwei Worte zu verlieren gibt. Es ist auch keine große Sache, aber – hoffentlich – ein Denkanstoß.

Keine Stunde später sehe ich, dass er geantwortet hat:

> Oh verdammt. Echt kritisch, das Ganze. Ich hab darüber nachgedacht, ob ich mich bei dir entschuldigen sollte, hab mich dann aber nicht getraut. Ich hab den Abend anders in Erinnerung, aber das mag daran liegen, dass ich getrunken hatte oder dass ich

irgendwas vor mir rechtfertigen wollte, was nicht in Ordnung war … Es tut mir verdammt leid, dass du dich meinetwegen unwohl gefühlt hast. Bitte entschuldige!

Und danke, dass du es mir gesagt hast. Ich gelobe Besserung!

Gut, dass wir darüber reden konnten, und gut zu wissen, dass du dir Gedanken gemacht hast. Für den Fall, dass es noch andere gibt, bei denen du dich entschuldigen solltest, wäre es das doch auf jeden Fall wert. Ich hätte nicht gedacht, dass du das damals wirklich für erinnernswert gehalten hast. Ich bin davon ausgegangen, dass ich so etwas als normal hinnehmen müsste, als »Dinge, die eben passieren«, und Schwamm drüber.

Er pflichtet mir bei, entschuldigt sich erneut, und damit verabschieden wir uns voneinander. Ich bin überrascht, wie leicht das ging. Bin davon ausgegangen, dass er sich nicht mehr daran erinnert. Ich wollte, ich hätte seine Bestätigung nicht gebraucht, um anzuerkennen, dass da was war, aber verdammt, wie gut, dass er es zugegeben hat.

Nr. 45

In letzter Zeit habe ich ein bisschen leichtherziger getindert. All die Erzählungen von Frauen beweisen doch nur, dass ich mit meinen Erfahrungen nicht allein bin, und zu meinem heutigen Date gehe ich mit mehr Selbstvertrauen als sonst. Mit dem Typen, den ich gleich treffe, texte ich seit einer guten Woche. Je näher ich der Bar komme, desto langsamer werde ich, um im Kopf noch mal durchzugehen, welche Infos über ihn ich seinen Nachrichten und welche ich einigen ausgedehnten Google-Recherchen entnommen habe.

Er spricht Japanisch, ist Doktorand in Asienstudien und lustig. Wir reden ohne Pause und lachen viel. Nach ein paar Bieren fangen wir an zu knutschen, aber als er fragt, ob wir zu ihm gehen wollen, zögere ich. Dieses Date hatte eher etwas Freundschaftliches, als dass ich Anziehungskraft verspürt hätte. Ich signalisiere ihm, dass ich gern mitgehen würde, um nicht unsympathisch zu wirken, sage aber, dass ich nicht kann. Er fragt, ob ich mir sicher bin. Ja, sage ich, leider, und füge hinzu, dass ich am nächsten Morgen wirklich früh raus muss.

Wir verlassen die Bar und knutschen vor der Tür noch ein bisschen weiter, bevor wir getrennter Wege gehen. Zehn Minuten später spüre ich, wie mein Handy vibriert. Er hat jetzt schon geschrieben. Das freut mich. Er bedankt sich für den schönen Abend, schreibt aber auch, dass er zu Hause gern Gesellschaft gehabt hätte. Ich will nicht unfreundlich sein und antworte, dass ich es auch nicht toll finde, allein nach Hause zu gehen – dann eben beim nächsten Mal.

Als ich heimkomme, hat er wieder geschrieben. Erzählt, dass er sich die ganze Zeit vorgestellt hat, wie ich in seinem Bett liege. Dass sich das Bett jetzt ziemlich leer anfühlt. Ich gerate ins Wanken. Es wäre bestimmt nett geworden. Ich frage mich, wie ich darauf kommen konnte, dass es wichtig wäre, allein heimzugehen. Allmählich reizt mich die Vorstellung, doch noch zu ihm zu fahren. Es gefällt mir, dass auch er nicht hinnehmen will, dass dieser Abend schon zu Ende ist. Ich frage ihn nach seiner Adresse, er antwortet postwendend, und ich nehme ein Taxi.

Er macht die Tür auf und versucht, entspannt auszusehen. Als ich auf der Toilette verschwinde, entdecke ich, dass er sich frisch rasiert hat – das ganze Waschbecken ist voller Schamhaare. Ich muss schmunzeln.

Als ich wieder aus dem Bad komme, hat er zwei Gläser Rotwein eingeschenkt. Ein Schluck, und wir machen dort weiter, wo wir aufgehört haben. Seine Hand wandert über meinen Körper. Er weiß, was er will, und unter seinen Berührungen laufen mir heiße Schauer über den ganzen Leib. Als ich ihn meinerseits berühren will, nimmt er meine Hand, sieht mir in die Augen und fragt, ob ich nicht erst um Erlaubnis bitten möchte.

Ich frage, ob ich ihm einen blasen darf, und er sagt: noch nicht. Dann dreht er mich herum und stellt sich hinter mich. Ganz langsam fängt er an, mich an den Haaren zu ziehen, und drückt seinen Schwanz gegen meinen Hintern. Ich spüre, wie mein ganzer Körper pulsiert und sich nach ihm sehnt. Dann sagt er, dass er so lang damit warten wird, seinen Schwanz in mich hineinzuschieben, bis ich ihn lieb gefragt habe.

Es ist brutal, aber nicht unangenehm. Er ist aufmerksam. Hört mir zu. In der Unterwerfung fühle ich mich frei. Wir sind bei diesem Spielchen auf Augenhöhe und beide mit den Regeln einverstanden. Er will mich befriedigen und ich ihn.

Als wir zum zweiten Mal miteinander schlafen, setze ich mich auf ihn drauf, und er meint, er entscheidet, wie oft ich ihn reiten darf. Wenn ich mich nicht an seine Vorgaben halte, zieht er mich an den Haaren, oder es gibt Schläge. Für jedes Mal, das ich nicht darf, will ich mehr. Ich fühle mich sexy unter seinem Blick, unter seiner Kontrolle. Als es sich anfühlt, als müsste ich gleich platzen, weil ich mich so sehr nach seinem Schwanz sehne, gibt er mir freie Hand, und ich komme unmittelbar vor ihm.

In dieser Nacht haben wir viermal Sex. Anschließend frühstücken wir zusammen wie Freunde.

Wir treffen uns häufig. Sind in denselben Dingen gut: Politik, Sex und Bier. Er fragt, ob wir noch ein letztes Glas trinken und dann heimfahren, und ich nicke. Keiner von uns beiden braucht mehr Alkohol. Ich torkele an den Tresen und bestelle noch zwei Bier.

Dann fahren wir zu ihm. Ich will ihn küssen, was er mir verweigert – noch darf ich nicht. Zur Strafe packt er mich am Haar und zieht. Diesmal ein bisschen zu fest. Und ich kann den Schalter nicht umlegen. Es ist fast wie immer, aber nicht ganz. Er ist nicht einfühlsam. Er packt richtig zu. Zieht fest an meinem Pferdeschwanz. Reißt mir die Haare jäh nach hinten und fickt brutal drauflos. Ich schließe die Augen und warte darauf, dass es aufhört. Es tut weh.

Und es dauert, bis er fertig ist. Er kommt, und nebeneinander schlafen wir in seinem Bett ein. Am Morgen mache ich mich früh auf den Weg.

Für ein paar Wochen herrscht Funkstille. Wir schreiben uns die eine oder andere SMS, dass wir uns auf ein Feierabendbier treffen sollten, aber es verläuft im Sande. Als er das nächste Mal anruft, erkundigt er sich nach einem Artikel, auf den ich ihn hingewiesen habe. Wie nebenbei erwähnt er, dass es sich bei unserem letzten Mal nicht richtig angefühlt hat. Dass es etwas zu grob wurde. Dass ihm die Energie zwischen uns nicht gefallen hat. Und dann sagt er, dass wir vielleicht keinen Sex mehr haben sollten.

Ich bin erleichtert, weil auch er bemerkt hat, dass da was schieflief, und weil wir einen Schlussstrich ziehen können. Ich fühle mich bescheuert, weil ich es nicht angesprochen habe. Ich frage nicht, zu welchem Zeitpunkt er bemerkt hat, dass es nicht rundlief, und warum er nicht gleich damit aufgehört hat. Ich mag ihn als Freund echt gern und will nicht hören, dass er mir wehtun wollte.

Ich bin so betrunken, wie man nur werden kann, wenn man ein Vakuum ausfüllen will. So betrunken, wie man nicht sein sollte, wenn man bei einer After-Work-Feier an einem Donnerstag mit nur leicht beschwipsten Kollegen zusammensteht. Bei der Arbeit bin ich uninspiriert. Keine Ahnung, auf welche Weise der zigste Bericht über Nudging die Welt vor dem Untergang retten soll.

Er ist auch da. Nr. 39. Wie lang ist es jetzt her, dass wir getextet haben? Als ich den Raum betrete, in dem er steht, wirft er mir einen flüchtigen Blick zu und redet weiter mit den gut aussehenden, schlanken Menschen um ihn herum. Er sieht überrascht aus, mich hier zu sehen. Vielleicht schämt er sich dafür, dass er mich kennt. Kann ich gut verstehen. Ich nehme an, dass ich über ihn hinweg bin. Was immer ich mal für ihn empfunden habe. Jedenfalls schreibe ich ihm nachts nicht mehr.

Irgendwann im Lauf des Abends gehe ich an ihm vorbei, aber er sieht mich nicht. Denkt gar nicht darüber nach, dass ich ebenfalls hier bin. Mein Instinkt will nur eins: ihn konfrontieren und in Erfahrung bringen, ob er mit mir zusammen sein will. Zurück zum Anfang. Zurück zu der Sehnsucht nach seinem Blick, nach seiner Nähe, damit ich spüren kann, dass ich lebe.

Ich reiße mich so lang zusammen, bis es nicht mehr geht, und gehe dann auf ihn und seine Gesprächspartner zu. Etwa drei Minuten nachdem ich mich zu ihnen gesellt habe, entschuldigt er sich. Kurze Zeit später entschuldige ich mich ebenfalls und gehe tanzen und mache den angeheuerten DJ an.

Als das Lokal sich leert, ist er nirgends zu sehen. Ich erkundige mich nach ihm, aber angeblich ist er schon weg.

Ich schnappe mir noch eine Flasche Bier und lehne mich draußen an die Fassade. Auf der Straße steht der DJ. Halbherzig versuche ich, mich an ihn ranzuhängen, damit wir zu ihm gehen, aber er muss noch woandershin. Er will mich auch nicht haben.

Als ich irgendwann allein auf der Straße stehe und die Bierflasche leer ist, lasse ich sie fallen, und sie zersplittert. Ein, zwei Sekunden lang fühlt es sich befriedigend an, doch dann fällt mir ein, dass in ein paar Stunden vielleicht ein Hund beim Morgengassi hier entlangmuss. Ich schäme mich. Versuche, die Scherben mit dem Fuß beiseite zu schieben, aber nun ist es zu spät.

Nr. 46

Scheiße. Er sieht nicht aus wie auf den Fotos.

Aber ich hatte seit einem guten Monat keinen Sex mehr und habe gerade erst meine Tage hinter mir. Das ganze Wochenende mit Pornos verbracht. Mein Körper schreit nach Sex und Berührungen. Da muss er reichen. Er hat aber auch ein nettes Lächeln und – am wichtigsten – eine Wohnung ganz in der Nähe, wie ich im Internet recherchiert habe.

Während er redet, versuche ich verzweifelt, Dinge an ihm zu entdecken, die ich attraktiv finde. Mitten in der Unterhaltung legt er mir seine Hand in den Nacken, fragt, ob er mich küssen darf, und küsst mich. Und küsst gut. Ich kann spüren, wie sich mein Körper nach den Lippen eines anderen gesehnt hat, und will mehr davon. Ich beuge mich vor, wir knutschen, dann hält er inne.

»Was willst du auf Tinder?«

Eine direkte Frage. Ich murmele ausweichend, dass ich keine festen Erwartungen habe, dass die App einem aber ermöglicht, Leute kennenzulernen, und dass das jeweilige Gegenüber und die Chemie dann darüber entscheiden, was man aus dieser Begegnung macht, und nicht, was zuvor via App gelaufen ist. Er nickt, sagt aber, dass er an mehr interessiert ist. Er will eine Beziehung. Ein One-Night-Stand reizt ihn nicht.

Ich weiß schon jetzt, dass dieser Mann einer von vielen in meinem Leben wird. Er hat nicht den düsteren ironischen

Humor, den ich brauche, um eine Beziehung und das Leben ertragen zu können, aber ich weiß auch, dass ich schon lang keinen Sex mehr hatte, am Mittwoch von der Kupfer- auf die Hormonspirale wechsle und dann mindestens zwei weitere Wochen lang keinen Sex haben werde.

Ich lächele ihn an. Liebäugele mit der Vorstellung, dass wir daten könnten und wie unsere Beziehung aussehen würde. Hauptsächlich um für uns beide die Illusion aufrechtzuerhalten. Er geht noch zwei Bier holen, und als er wiederkommt, erzählt er mir, dass sich sein bester Freund vor einem guten Jahr das Leben genommen hat, und ich frage mich wieder einmal, ob ich irgendeine magische Anziehungskraft auf kaputte Menschen ausübe und ob es mir ins Gesicht geschrieben steht.

Wir unterhalten uns noch eine Weile. Ich spreche #MeToo an und frage, ob er sich von den ganzen Aufrufen angesprochen gefühlt hat. Er sagt, dass es für ihn wie für die meisten Männer ein echter Denkanstoß war. Ich will wissen, ob er sich bei jemandem entschuldigt hat, und er antwortet, dass er nicht glaubt, jemandem etwas getan zu haben, wofür er sich entschuldigen müsste.

Ein paar Stunden später drückt er mir den Schwanz in die Kehle und legt mir beide Hände um den Hals, und ich frage mich, an welche Situationen er wohl gedacht hat, die für ihn im Nachhinein nicht okay waren.

Sein Gesicht ist beim Vögeln völlig ausdruckslos. Wie bei so vielen Männern. Komplett unmöglich, ihm anzusehen, ob er Spaß hat oder nicht. Ich bin halb darauf konzentriert herauszufinden, ob er gelangweilt oder befriedigt ist. Als er mir den Hals zudrückt, reagiere ich weder aufmunternd noch abweisend. Er scheint ohnehin keine Reaktion zu erwarten. Er scheint bloß zu erwarten, dass es okay ist. Oder dass ich ihm auf die Hand tippe. Mache ich aber nicht.

Er ist auf der Zielgeraden und kommt in mir. Ohne mich ein einziges Mal angefasst zu haben. Entweder glaubt er, dass ich sowieso feucht bin, seit ich ihm einen geblasen habe, oder er denkt überhaupt nicht darüber nach.

Etwas später der nächste Blowjob. Diesmal liegt er auf dem Rücken, und ich beuge mich über seinen Schwanz. Nachdem das eine Weile so gegangen ist, nimmt er seinen Schwanz in die Hand. Packt ihn fest und holt sich im Takt meines Mundes einen runter. Je näher er auf den Höhepunkt zusteuert, umso heftiger werden seine Bewegungen, und er schlägt dabei mit der Hand gegen meinen Mund, rhythmisch, hart, rücksichtslos. Ich muss mich zusammennehmen, um weiterzumachen. Ich kauere in unbequemer Haltung über ihm, hab die Lippen um seinen Schwanz geschlossen und hoffe, dass er bald kommt, bevor es irgendwann richtig wehtut.

Als er fertig ist, legen wir uns nebeneinander und kuscheln. Er hält mich im Arm, ich habe den Kopf an seine Schulter gelegt und streiche mit den Fingerspitzen über seinen Bauch. Er fragt nach einem zweiten Date. Findet, ich mache einen spannenden Eindruck. Meine Antwort ist eher vage. Einerseits – warum auch nicht. Andererseits weiß ich schon, dass die Antwort Nein lautet. Also küsse ich stattdessen seinen Hals und lasse die Finger abwärtswandern. Als ich mich aus seiner Umarmung befreie und mich auf ihn setze, flüstert er: »Fühlt sich an, als würdest du erst die Welt und dann mich retten.«

Ich höre über sein verlockendes Angebot hinweg und lasse mich sachte auf seinen wieder steifen Schwanz sinken.

Am Morgen redet er in den höchsten Tönen von meinem Blowjob und wie fantastisch der war, obwohl er seiner Begeisterung währenddessen nur durch zwei mechanische Mmms und durch wiederholte Aufforderungen, seinen Sack zu umfassen, Ausdruck verliehen hat. Ich finde, ich habe ihm ausreichend Aufmerksamkeit geschenkt und sichergestellt, dass er befriedigt wurde, und kann mich jetzt endlich auf mich konzentrieren. Diesmal entscheide ich, wie es läuft, und er muss mich ficken, bis ich gekommen bin.

Er fragt, ob er meine Handynummer haben kann. Ja, sage ich, auch wenn ich jetzt schon weiß, dass ich auf seine Nachrichten nicht antworten will. Als ich gehe, muss ich darüber sogar kurz lachen. Über sein übertriebenes Engagement. Ich rufe eine Freundin an und frage, ob ich ein Schwein bin. Ob ich mich – mal abgesehen von gesellschaftlichen Machtstrukturen – von einem beliebigen Fuckboy unterscheide. Andererseits weiß ich insgeheim, dass das nicht vergleichbar ist. Denn selbst wenn ich das Schwein bin, ist immer noch er es, der mich fickt.

Bin mit zwei Freunden im Club. Sie werfen sich an zwei Tussis an der Bar ran, also gehe ich tanzen. Ein Typ ruckelt scherzhaft zur Musik mit den Schultern, und ich finde ihn lustig. Er versucht, näher an mich heranzutanzen, und ich drehe mich weg, weil ich auf Abstand bleiben will. Er packt mich am Arm. Ich lache darüber hinweg, weiche dezent zurück, versuche, Scherze zu machen. Er tanzt wieder näher.

Er packt meine Handgelenke. So fest, dass ich nicht mehr wegkomme. Dann ist sein Lächeln wie weggefegt. Auch ich höre auf zu lächeln und will mich aus seinem Griff befreien. Ich versuche, meinen Kumpels ein Zeichen zu geben, aber sie sind nun mal keine Frauen, also kapieren sie nicht, was ich ihnen zu verstehen geben will.

Ich überlege kurz, was ich jetzt tun soll. Mit ihm weitertanzen? Keine Ahnung, ob der Typ begreift, dass ich das unangenehm finde. Keine Ahnung, ob er bloß überdeutlich sein will. Vielleicht strahle ich irgendwas aus, was als Einladung verstanden wird. Aber er lässt einfach nicht los, und langsam kriege ich Panik. Am Ende kann ich mich freiwinden und renne von der Tanzfläche. Ich habe kaum zweimal tief durchgeatmet, als ein Türsteher auf mich zukommt und mir weismachen will, dass ich zu betrunken bin. Ich verstehe die Welt nicht mehr.

Ein Kumpel kommt dazu und fängt an zu diskutieren. Will dem Rausschmeißer erklären, dass er falschliegt. Ich bitte ihn, es gut sein zu lassen. Sage zum Türsteher, dass ich verstehen kann, warum er geglaubt hat, ich wäre betrunken. Erzähle ihm, dass ich gerade in einer echt unangenehmen Lage war. Er erwidert, dass ich mich beim nächsten Mal direkt ans Personal wenden soll. Ich erkläre ihm, dass es gerade erst vor drei Minuten passiert ist – und er setzt mich vor die Tür. Der Typ tanzt weiter, während ich mit meinen High Heels in der Hand nach Hause laufe.

Nr. 47

Es tut weh. Er legt mir die Hände um den Hals und drückt zu, obwohl wir nur auf einer Tanzfläche stehen und rummachen. Wir sind in einem Gay Club, weil ich ein bisschen darauf spekuliert hatte, mit einer Frau rumzumachen. Stattdessen hat mich irgend so ein Typ aus Russland angebaggert, der seit drei Jahren in Stockholm wohnt.

Ich bin angstgeil und kann nicht nach Hause gehen. Meine Mitbewohnerin, die nicht wahnsinnig oft Typen mit heimbringt, hat jemanden kennengelernt. Sie haben die vergangene Woche Tag und Nacht in ihrem Zimmer verbracht, und glückliches Lachen vermischte sich mit lautem Gestöhne. Ich freue mich für sie. Im Grunde. Nur halte ich die überwältigende Einsamkeit nicht aus, die das Leben in einem glücklichen Haushalt mit sich bringt, wenn der Zugang dazu für einen selbst verschlossen bleibt. Also überspiele ich den Würgegriff mit ein paar Witzen.

Er fragt, ob ich mit zu ihm kommen will, und ich antworte, dass ich normalerweise nicht mit Leuten mitgehe, die mich auf der Tanzfläche spontan erwürgen. Ich hoffe, dass er das als Nein versteht, aber stattdessen lacht er, entschuldigt sich lächelnd und sagt dann: »Aber es gefällt dir trotzdem?« Ich antworte: »Vielleicht.« Er sagt, dass er schnell seine Jacke holt, und ich gehe nach draußen und warte auf ihn.

Während ich draußen stehe, schießt mir durch den Kopf, dass ich jetzt einfach gehen könnte. Ihn stehen lassen könnte.

Ich muss nicht mit ihm schlafen. Es ist Sommer, halb fünf am Morgen, und es ist unbarmherzig hell. Eigentlich will ich gehen, aber mein Körper ist wie betäubt und hat keine Wahl. Weil es immer eine Entscheidung zwischen irgendwas und Einsamkeit ist, und ich habe das Gefühl, dass die Einsamkeit immer am meisten wehtut. Also rauche ich fertig. Zünde mir die nächste Zigarette an. Plaudere mit jemandem, der auf sein Taxi wartet. Versuche, mich damit abzufinden, dass er mich gleich bei Tageslicht sehen wird. Dass er gleich sieht, wie ich wirklich aussehe. Wie dick ich bin. Er wird angewidert sein. Mich abstoßend finden. Wie kann er nur mit mir heimwollen?

Er kommt nach draußen, winkt ein Taxi näher, und wir fahren zu ihm. Als wir halten, bezahle ich die Fahrt. Denn selbst im angstdurchtränkten Nebel aus Alkohol und Fremdheit um zehn vor fünf fühlt es sich wichtig an, die feministische Fahne hochzuhalten. Er kauft mich nicht. Ich bezahle.

Wir gehen in seine Wohnung. Er drückt mich gegen die Wand und fängt an, meine Brüste zu küssen. Zieht mir das Oberteil aus. Den BH. Ich habe ihm kaum den Hoodie über den Kopf gezogen, als ich bereits nackt bin und er bretthart. Ich bin mir meines nackten Körpers, meines Gesichts, meines Fetts bewusst und verspüre Ekel.

Er würgt mich. Fester als je einer zuvor. Mir haben viele die Hände um den Hals gelegt. Ich hab nie darum gebeten, sie nie ermuntert weiterzumachen, nie signalisiert, dass mir so was gefällt. Nie darum gebeten, damit aufzuhören.

Auch ihn bitte ich nicht darum. Ich mache einfach die Augen zu und warte darauf, dass er wieder loslässt. Keine Ahnung, warum, aber er hört auf. Trotzdem bin ich nicht erleichtert. Keine Ahnung, ob er es gleich wieder macht. Ich spüre nichts. Er fickt mich weiter, und ich stöhne. Versuche zu imitieren, wie ich womöglich klinge, wenn ich den Sex genieße. Dann streckt er erneut die Hand aus. Ich fürchte schon, dass er mich wieder am Hals packen wird, doch stattdessen greift er mir ins Gesicht und drückt mir Daumen und Zeigefinger zwischen die Zähne, sodass meine Lippen eine Acht bilden. Als Nächstes schlägt er mir mit der flachen Hand auf die Wange.

Er gibt mir zu verstehen, dass ich ihn reiten soll. Dafür fehlt mir die Energie. Die Lust. Trotzdem lege ich los. Irgendwann drückt er mich hoch und fängt an, mich im Stehen zu vögeln, während ich ihm die Beine um die Hüften schlinge. Ich glaube, er will, dass ich mich sexy fühle, dabei denke ich nur daran, wie fett ich bin und dass er das doch sehen muss und dass mir das Gesicht wehtut.

Ich bitte ihn, mich wieder aufs Bett zu legen. Er guckt mich verwundert an, tut aber wie geheißen. Er legt mich auf den Rücken und stellt sich über mich. Spuckt mir auf die Brüste und vögelt sie eine Zeit lang.

Dann beugt er sich nach unten. Ich bitte ihn, es bleiben zu lassen, aber er lässt sich nicht davon abbringen. Als er beim Lecken eine Pause einlegt, sage ich, dass ich gehen muss. Er versteht gar nichts mehr. Weil ein Ja zu etwas doch wohl heißt, Ja zu allem zu sagen, und wenn es ein Spiel ist, ist es auch nicht erniedrigend. Er liegt nackt mit seinem harten Schwanz in der Hand auf dem Bett. Ich ziehe mich an, während ich gleichzeitig vor mich hinplappere, dass das jetzt vielleicht komisch wirkt, dass es aber nichts mit ihm zu tun hat, sondern dass ich wirklich gehen muss. Ich versuche, den Kopf klar zu kriegen, um sicherzustellen, dass ich meine Klamotten alle habe, und bin raus aus der Tür. Vergesse einen Gürtel.

Ich laufe mehrmals um seinen Wohnblock, der in irgendeinem Park zu liegen scheint, und verstehe nicht, wie Google Maps funktioniert. Ich komme hier nicht weg. Ich halte Ausschau nach dem nächsten U-Bahnhof. Lande zu guter Letzt an einer breiteren Straße. Ein Taxi wird langsamer, und der Fahrer sieht mich fragend an. Ich bin die Einzige weit und breit. Keine Ahnung, wo ich mich befinde. Kurz denke ich an Horrorgeschichten von Frauen, die von Taxifahrern vergewaltigt werden, und drücke mir selbst die Daumen, dass er keine Gefahr darstellt. Fahre mit dem Taxi heim.

Er will sich unterhalten. Ich schaffe es nicht. Scrolle noch während der Fahrt durch meine Kontakte. Niemand, dem ich schreiben könnte. Ich gehe sie alle noch einmal mit weniger Anspruch durch und finde jemanden. Erstmals seit unserer Trennung schreibe ich an Nr. 34.

Why the fuck don't we have any
boundaries? Why are we made like this?

Zu Hause sehe ich mir noch irgendeine Realitysoap im Fernsehen an, weil es zwar schon halb acht ist, ich aber nicht schlafen kann, und als zwei aus der Soap anfangen zu knutschen, fange ich an zu heulen.

Nr. 34 antwortet spät am darauffolgenden Abend. Er fragt, was passiert ist. Ich antworte nicht, will mich nicht mit seiner Verachtung für meine Zügellosigkeit konfrontiert sehen. Stattdessen erkundige ich mich nach ihm. Er schreibt, dass er das Leben betrauert und auf bessere Zeiten hofft. Dass er Fotos von uns auf seinem Rechner sortiert hat. Es waren einhundertsiebenundvierzig von mir. Vierundzwanzig davon Nacktbilder, fügt er hinzu.

Eigentlich dürfte er mich längst nicht mehr aus der Fassung bringen, aber als ich das Wort »nackt« lese, fühle ich mich angegriffen und klein. Ich versuche, freundlich zu antworten, um ihn nicht zu verärgern, und schreibe, dass mir die Vorstellung, dass er die Fotos gespeichert hat, unangenehm ist. Er fragt, warum. Noch bevor ich antworten kann, schreibt er, ich soll nicht so ein Fotonazi sein. Ich versuche, mir eine Antwort zurechtzulegen, weiß aber, dass ich ohnehin nichts schreiben könnte, womit er sich umstimmen ließe. Er hat diese Fotos, und ich kann nichts dagegen tun. Ich schreibe einfach noch mal, dass es mir unangenehm ist. Langweilerin, schreibt er zurück. Bevor er sich ausloggt, bekomme ich eine letzte Nachricht:

I'm gonna rub one out now and sleep.
Night night Sonia.

Nr. 48

Nr. 48 legt mir die Hand auf den Oberschenkel. Wir sitzen in einer Nische in einer halb leeren Bar. Sie ist immerhin so schick, dass man hier gedeckte Tische hat, und zugleich so ungezwungen, dass man für ein großes Bier nicht schief angeguckt wird. Wir sind uns zuvor schon ein paarmal begegnet.

Er ist unkompliziert und besorgt es mir gern mit der Zunge. Er bringt meine Beine zum Zittern, und normalerweise komme ich bei ihm so heftig, dass ich mich erst mal zusammenkauern muss, bis es vorbeigeht.

Jetzt wandert seine Hand an meinem Oberschenkel empor, und ich sehe mich um. Die Bedienung nimmt gerade Bestellungen am anderen Ende der Bar auf, und in nächster Nähe sitzt niemand.

Er sieht mir in die Augen und tastet sich weiter vor. Behutsam spreize ich die Beine, und er schiebt seine Hand noch ein Stückchen weiter.

Er zieht sie wieder zurück und fährt mit den Fingern über meinen Rücken. Als er unten ankommt, beuge ich mich vor und schlage die Beine übereinander, damit er seine Hand unter mich schieben kann. Ich versuche weiterzusprechen, damit es nicht auffällt, aber ich kann mich nur schwer konzentrieren. Er streichelt mich weiter und fragt dann, ob ich je darüber nachgedacht habe, mit einer Frau zu schlafen. Ja, antworte ich.

Er bittet mich, es ihm zu beschreiben. Ich werde feucht. Noch während ich weitererzähle, schiebt er vorsichtig meinen Slip zur Seite und dringt mit den Fingern in mich ein. Obwohl ich mehrmals versuche, mir nichts anmerken zu lassen, keuche ich auf. Er lächelt und fordert mich auf, still zu sein. Nach einer Weile sagt er, dass er auf die Toilette muss, und wenn er wiederkommt, fahren wir zu ihm nach Hause. Ich nicke.

Er ist entspannt und freundlich, aber sein Blick ist lebendig. Sein Lächeln hat etwas Listiges. Ich mag es, mit den Fingerkuppen über seine Wangenknochen zu streichen. Er heißt Tiago.

Wir haben angstfreien Sex. Tiagos Blicke, Bewegungen, Zunge und Berührungen sind völlig sorglos. Wenn er mich ansieht, wird er immer wieder hart. Er wirkt komplett unbeschadet. Wir liegen unter der Decke, und lächelnd küsst er meine Brüste. Sieht mich an. Er selbst ist schlank, hat kein Gramm Fett auf den Rippen, und sein Schwanz funktioniert verlässlich. Wir reden viel, während wir Sex haben. Das turnt uns beide an. Ich frage ihn, ob er meine Muschi mag. Ja, antwortet Tiago. Ich frage, ob er gern Sex mit mir hat. Ja, antwortet er. Ich frage, ob ich gut bin, weil ich seinen Schwanz komplett in mir aufnehmen kann. Ja. Ich blase ihm einen. Spüre die Übermacht.

Ich nehme seinen Schwanz immer tiefer und tiefer in den Mund. Muss leicht würgen, was man hören kann, und spucke den Speichel aus, der sich auf seinem Schwanz gesammelt hat. Er stöhnt. Ich erschaudere, weil ich kaum Luft bekomme. Sehe, wie sehr er auf meine Atemnot reagiert. Fühle mich sexy. Weil er mich unwiderstehlich findet. Weil er mich benutzen will. Ich fühle, dass mein Körper mächtig ist. Dass er ihn wild macht. Bis er die Kontrolle verliert. Er sagt, dass meine Blowjobs großartig sind. Ich frage ihn, ob ich eine gute Hure bin. Ja, sagt Tiago. Ich frage, ob es ihm gefällt, wenn mich sein Schwanz erstickt. Er nickt, sieht mir in die Augen und sagt, dass er das Geräusch mag, wenn ich würge. Dann kommt er in mein Gesicht.

Ich gehe ins Bad und wasche mich. Dann krabbele ich auf sein Sofa und schalte eine Doku über den steigenden Meeresspiegel an. Tiago holt eine Decke und eine Schüssel mit Süßigkeiten, setzt sich neben mich und fängt an, mir den Rücken zu kraulen.

Ich wache auf. Orientierungslos. Erst weiß ich nicht richtig, wo ich bin. Es ist dunkel. Ich spüre, wie Tiagos Finger über meinen Körper wandern. Mir dämmert, dass er mitten in der Nacht aufgewacht ist und sich nicht beherrschen konnte. Seine Berührungen erregen mich. Ich gebe ihm diskret zu verstehen, dass ich wach bin, und spiele das Spielchen mit.

Er spürt, dass ich feucht werde, und legt sich auf mich.

Ich bin wie benebelt und liebe es, dass so vieles von dem, was wir sind, Sex ist. Ich liebe es, von jemandem begehrt zu werden. Für jemanden so attraktiv zu sein. Aber ich sehe es auch. Sehe, wie ich uns vom Spielerischen auf gefährlicheres Terrain führe. Auf ein Terrain, in dem seine wilde Erregtheit mir nicht Kontrolle überträgt, sondern Kontrolle nimmt. Ich sehe es. Und mache weiter.

Ich stütze mich mit beiden Händen auf dem Couchtisch auf und habe die Beine gespreizt. Hinter mir hockt Tiago, leckt mich und holt sich einen runter. Ich nehme seine Hand und gebe ihm zu verstehen, dass er mir einen Klaps geben soll. Er tut wie geheißen. Ich mag das. Er gibt mir den nächsten Klaps. Auf dieselbe Stelle. Es zieht leicht. Er macht weiter. Mehrmals auf dieselbe Stelle. Feste Schläge. Es tut weh. Ich versuche, mich nicht zu verspannen, weil ich glaube, dass das unsexy aussieht, weiß aber nicht, was ich machen soll, weil ich allmählich richtige Schmerzen habe. Ich beiße die Zähne zusammen. Er macht weiter, ich stehe weiter da. Und bin erleichtert, als er fertig ist und um mich herum nach vorne kommt. Er legt mir die Hand in den Nacken, dirigiert meinen Mund über seinen Schwanz und drückt ihn mir in die Kehle. Auch das tut weh. Ich versuche, ihn nicht ganz so tief aufzunehmen. Er presst weiter. Drückt ihn mir tiefer rein. Ich will das nicht, will aber auch nicht Nein sagen. Will nicht, dass er aufhört, mich anzusehen. Will nicht, dass er aufhört, mich als sexy anzusehen. Will nicht, dass er denkt, er macht etwas falsch. Er macht nichts falsch. Ich hab ihm schließlich gezeigt, dass ich es will.

Unter Tiagos Blicken fühle ich mich nicht eklig, und allein das ist es wert zuzulassen, dass er ihn mir in den Hals schiebt, auch wenn es wehtut. Auf seinen Blick kann ich nicht verzichten. Ich brauche ihn. Ich mache die Augen zu, spüre seinen Schwanz tief in meiner Gurgel, und dann warte ich darauf, dass es vorbeigeht, weil ich nun mal eine gute Hure bin.

Am Morgen besorgt Tiago es mir mit dem Mund, es ist fabelhaft, und ich komme. Während ich liegen bleibe, geht er um den Block zum Bäcker, kauft Kaffee und Käsebrötchen, und wir frühstücken im Bett vor dem Fernseher. Am Abend gehen wir ins Kino und sehen uns einen deutschen Film über Baader-Meinhof an. Anschließend haben wir Sex in einem Hauseingang, fahren wieder zu ihm, schlafen vor einer schlechten Serie ein, essen Eis. Er mag Eis eigentlich nicht, meint aber, dass er es kaufen wollte, weil er mir ansehen konnte, wie viel Lust ich darauf hatte. Er will mir geben, was immer ich will.

Wir lachen viel und lernen einander besser kennen. Er öffnet sich mir gegenüber, und er ist ein toller Mann. Wirklich. Er ist es so sehr gewohnt, sich um andere zu kümmern, und so wenig, nach sich selbst zu sehen. Auch wenn wir nicht zusammen sind, fange ich allmählich an, sein Leben zu sortieren. Besorge ihm eine Zimmerpflanze für die kahle Wohnung. Schlage vor, dass wir für ihn Vorhänge kaufen und welche er haben sollte. Er hat sich ein paar schöne Sachen verdient. Aus meiner Sicht spielt es keine Rolle, dass manchmal was schiefläuft, solange das meiste schön ist.

Ich wache auf. Tiagos Hände auf meinem Körper. Diesmal komme ich nicht annähernd mit, als er auch schon in mich eindringt. Bin nicht erregt. Ich will nicht, will aber gern seine Fantasie wahr machen. Will ihn nicht enttäuschen. Ich will all das sein, was er in mir sehen will.

Ich will ihn nicht verlieren. Er darf nie aufhören, mich anzusehen, wie er mich ansieht. Mit diesem Hunger und dieser Lust. Als wäre ich schön. Also spreize ich die Beine und zeige ihm, dass ich wach bin und dass er machen kann, was er will. Als würde ich es wollen. Dann liege ich einfach da und warte ab, bis er kommt. Es dauert nicht lang, fühlt sich aber nach einer Ewigkeit an. Anschließend nimmt er mich in seine Arme und schläft wieder ein. Ich bleibe wach im Dunkeln liegen, starre die Wand an und spüre, wie seine Ladung an meinem Schenkel hinabläuft. Das ist es immer noch wert.

Obwohl ich Croissants und frisch gepressten Saft bekomme, wenn ich bei ihm übernachte, und obwohl Tiago mir zeigt, dass er mich mag, spüre ich zusehends, dass es an mir zehrt. Ich fühle mich unentspannt in seiner Nähe. Was die nächste Stufe ist.

Ich denke daran, wie er mich ansieht, wenn wir zusammen zu Abend essen. Er scheint mich wirklich zu mögen. Würde er mich immer noch mögen, wenn ich ehrlich wäre? Wenn jemand das in Ordnung fände, dann er.

Eines Abends nach dem Sex verstumme ich, und als er fragt, was los ist, antworte ich, dass es sich neulich nicht gut angefühlt hat, als er mir seinen Schwanz in den Hals gepresst hat. Dass ich das in dem Moment nicht wollte. Er hört mir zu. Sieht beunruhigt aus. Entschuldigt sich. Sagt, dass er an diese Art von Sex nicht gewöhnt ist und nicht weiß, wie was richtig funktioniert. Ich bin überrascht. Dachte, das wäre die Art von Sex, die er immer hat.

Wir reden. Er sagt die richtigen Dinge, signalisiert Fürsorge, und ich verspüre einen Anflug von Geborgenheit. Von Dankbarkeit, weil er mir zuhört. Ich bin es nicht gewohnt, Stellung zu beziehen, und weiß nicht, wie weit sein Verständnis reicht. Also teste ich wieder Grenzen aus. Weil ich das will? Weil ich um Verzeihung bitten will? Aus Angst davor, er könnte die Lust an mir verlieren? Es ist nett von Tiago, sich zu entschuldigen, und so will ich ihm meinerseits zeigen, dass er bei alledem nichts eingebüßt hat. Also nehme ich seinen Schwanz erneut tief in den Mund. Und er stöhnt.

Eines Donnerstagmorgens weckt mich Tiago und sagt, dass er zur Arbeit muss, ich aber liegen bleiben soll, so lange ich will. Er streicht mir übers Haar, gibt mir einen Kuss und sagt, dass noch Kaffee da ist und im Kühlschrank Frühstück liegt, falls ich frühstücken will. Und dass er den Schlüssel auf den Küchentisch gelegt hat.

Schläfrig strecke ich mich und frage, ob ich den Schlüssel dann einfach in den Briefkasten werfen soll oder was er lieber hätte.

Er sagt, ich soll ihn behalten. Es ist der Ersatzschlüssel, der sonst sowieso nur Staub ansetzt.

Schlagartig bin ich wach und versuche, so zu tun, als hätte mein Gehirn soeben nicht jedes Wort und all das, was sich daraus schließen ließe, aufgeschnappt und einsortiert. Mit einem Scherz gehe ich darüber hinweg: Mein Schlüsselbund sei schon voll, und ich würde ihn doch nur verlegen. Er hält noch ein wenig dagegen, lässt es dann aber recht schnell auf sich beruhen und verschwindet in der Küche, um seine Brotdose zu holen, die er in seinen Rucksack schiebt. Dann setzt er sich mit den Schuhen in der Hand auf die Bettkante. Während er sich die Schuhe anzieht, sagt er noch, dass er mir eine Zahnbürste rausgelegt hat, damit ich nicht weiter seine stibitze.

»Deine ist rosa, weil ich weiß, dass du Rosa hasst.«

Er lacht, und ich werfe das Kissen nach ihm und mache

auf empört, um die Panik zu überspielen, weil er mich so gut kennt.

Ich wollte, ich könnte ihm erklären, warum mir all das Angst macht. Ich wollte, es könnte einfach nur ein Donnerstagmorgen wie jeder andere sein, mit Küssen, Gelächter und dem Duft frischen Kaffees, aber das eine geht nicht ohne das andere. Unsexy Frauen bekommen weder Schlüssel noch Zahnbürsten. Ich küsse ihn auf den Hals, bevor er geht, und bleibe noch eine Zeit lang liegen. Als ich die Wohnung verlasse, werfe ich den Schlüssel in seinen Briefkasten.

Ich bin mit ein paar Kollegen auf ein paar Feierabenddrinks unterwegs. Eine Kollegin bestellt einen Virgin Daiquiri, und ich denke schon, dass sie schrecklich versnobt ist, aber wie sich herausstellt, ist sie einfach schwanger. Sie lächelt gespielt scheu. Ich lächele ebenfalls, allerdings gequält, und gratuliere ihr wie die anderen. Sehe ihr ins Gesicht und denke, so sieht also Glücklichsein aus. Nichts, was ich wiedererkennen würde.

Ich bestelle mehrere Drinks, bis die anderen irgendwann gehen wollen. Während sie sich Taxis rufen, starte ich einen Rundruf, um noch nicht heimzumüssen. Ich erreiche ein paar Bekannte, die ausgegangen sind, und fahre zu ihnen. Aber irgendwann wollen auch die nach Hause.

Ich bin mir nicht sicher, wie ich hergekommen bin, aber mit einem Mal stehe ich vor Tiagos Tür und klopfe. Kann kaum noch gerade stehen, als er die Tür aufmacht, und habe Schwierigkeiten, mir die Schuhe auszuziehen, bevor ich an ihm vorbei ins Schlafzimmer strauchele. Dort lasse ich meine Klamotten einfach auf den Boden fallen und krabbele ins Bett. Tiago klaubt meine Sachen auf, streicht sie glatt und hängt sie über einen Stuhl. So ist er. Ordentlich.

Ich will, dass er mich küsst. Er tut wie geheißen.

Es dauert ein paar Minuten, ehe mir dämmert, wo ich bin. Im Halbschlaf holen mich vage Erinnerungen vom Vorabend ein. Mein Kopf dröhnt. Ich bin nicht oft verkatert, aber heute geht es mir schlecht. Ich glaube, wir haben noch miteinander geschlafen, ich volltrunken, er nüchtern. Ich bin mir nicht sicher. Ich frage nach, und Tiago sieht mich verwirrt an – ob ich mich wirklich nicht daran erinnere?

Ich sage nichts. Allmählich kehrt die Erinnerung wieder, auch wenn ich es gar nicht wissen will. Trotzdem weiß ich wieder, dass ich ihn aufgefordert, gepusht und bekniet habe. Dann Leere. Ich erinnere mich an das Gefühl, dazuliegen und die Wand anzustarren. Leer, erschöpft und einsam, obwohl er gleich neben mir liegt. Ich weiß noch, dass er gekommen ist.

Es fühlt sich an, als wäre sein Körper meilenweit entfernt, obwohl er sich an mich schmiegt. Ich bin stocksteif. Nach einer Weile gibt er auf und holt mir einen isotonischen Drink. Das kann Tiago gut. Er kümmert sich um mich. Er will mir alles recht machen. Selbst wenn ich etwas will, was mir schadet.

Ich nehme kleine Schlucke von dem Getränk, weil man das laut Etikett so macht. Ich setze mich im Bett auf und ziehe meinen verrutschten Slip zurecht. Es ist Sperma darauf. Ich ziehe meine Strumpfhose an, den BH, das Kleid. Er fragt, ob ich wegwill, und ich sage, ich muss. Er sieht traurig aus.

Ich frage ihn, warum er in der vergangenen Nacht mit mir geschlafen hat. Ich habe Tränen in den Augen. Er sieht mich irritiert an, bleibt aber ruhig, damit ich keine Angst bekomme. Er sagt, dass ich nicht *so* betrunken war. Er sagt, dass er sich genötigt gefühlt hat. Er wollte eigentlich schlafen, aber ich habe darauf bestanden. Das ist sicher richtig. Ich weiß, dass er recht hat. Das hier war meine Schuld.

Im Nachhinein hat es sich nicht gut angefühlt, sagt er, und ich frage nicht, wie es sich unterdessen angefühlt hat, weil ich nicht weiß, was mehr wehtun würde: Festzustellen, dass er nicht sieht, ob ich Sex will, weil ich heiß auf ihn bin, oder ob ich Sex will, weil die Angst mich treibt. Oder dass das für seinen Orgasmus keine Rolle zu spielen scheint. Das schaffe ich nicht; ich kann hierfür nicht die Verantwortung übernehmen, nur um der Verletzung zu entgehen.

Ich ziehe meine Schuhe an. Lasse mir Zeit, sie zu schnüren, weil ich genau weiß, dass ich losheulen werde, sobald ich draußen auf der Straße bin, und da will ich nicht stehen bleiben und mir erst die Schuhe binden müssen. Das hier muss das letzte Mal gewesen sein.

Auf dem Weg zur U-Bahn laufe ich durch das perfekte Aspudden, Tiagos Vorort. Hier wohnen junge Familien mit supersicheren Kinderwagen und Bioklamotten und Setzlingen und Hofflohmärkten und frisch gebackenen Zimtschnecken mit echter Butter und Fairtrade und bestimmt auch der einen oder anderen Leiche im Keller, weil die Idylle doch sonst gar nicht zu ertragen ist.

Ich weine, und die perfekten jungen Familien sehen mir beunruhigt nach. So was könnte auch aus ihren Kindern werden. Eine, die mit dem Make-up von gestern im Gesicht durch Aspudden läuft, nachdem sie in der Nacht unfreiwillig gevögelt wurde. Ich hoffe, sie kommen damit klar. Und mit heiler Haut davon.

Ich betrete einen Zeitungsladen und kaufe mir Zigaretten und Chips. Der Typ an der Kasse glotzt mir in den Ausschnitt. Ich würde ihm gern eine reinhauen.

Ich schleppe mich Stufe um Stufe zu meiner Wohnung hoch und lege mich mit Schuhen ins Bett. Sie sind zu kompliziert geschnürt, und ich hab so grässlich wenig Kraft.

Warum habe ich ihn herausfordern müssen? Warum hab ich ihn an den Abgrund getrieben? Hab ich selbst diese Situation heraufbeschworen, die ich nicht erleben wollte, oder ist sie einfach so entstanden? Hab ich ihm nur den Spiegel vorgehalten oder ihn genötigt, jemand zu sein, als der er sich nicht wohlfühlte? Während ich versuche einzuschlafen, will mir der Gedanke an meine Finger auf seinen Wangenknochen und an seinem Hals nicht aus dem Kopf gehen.

Ich lösche seine Nummer, aber er schreibt trotzdem. Will, dass wir uns treffen. Scheiß auf den Sex, schreibt er. Dass der für ihn nicht wichtig war. Dass er mich will. Ich mag ihm nicht glauben.

Nr. 2.0

Ich bin bei einer Examensfeier. Der Freund meiner Mitbewohnerin, der gefühlt zehn Jahre studiert hat, hat endlich sein Studium abgeschlossen. Sie ist irre stolz auf ihn und hat dieses Fest wochenlang vorbereitet. Sie haben eine Location in Långholmen gemietet und servieren Schampus, Schnittchen und feinen Käse. Ich komme zwei Stunden zu spät, bin betrunken und müde. Rundum lauter fantastische Leute, die ich nicht kenne, mit fantastischen Jobs und fantastischen Ansichten. Ich fühle mich fehl am Platz.

Außer meiner Mitbewohnerin kenne ich niemanden. Also trinke ich. Bin scharf oder zumindest gelangweilt. Ich gehe nach draußen und rauche allein eine Zigarette, weil auf so einer Party außer mir nie jemand raucht. Während ich rauche, schreibe ich vielsagende Nachrichten an alte Flirts und versuche, irgendeinen Ständer zu provozieren, an dem ich mich gütlich tun könnte. Niemand antwortet.

Als das Abendessen beendet ist, werden die Tische beiseite gerückt , und wir tanzen zu Nineties-Hits. Ich schlüpfe in den Ring, den die anderen gebildet haben, und suche nach jemandem, der wirklich tanzen will und nicht nur nervös von einem Fuß auf den anderen wechselt.

Sie ist etwa gleich groß wie ich. Blond. Kurze Haare. Dunkelgrünes Kleid mit tiefem Ausschnitt. Vollbusig. Wir tanzen. Sie riecht gut. Die anderen wollen allmählich weiterziehen, um den Abend woanders ausklingen zu lassen.

Wir landen miteinander im Taxi. Als sie aus dem Fenster sieht, spähe ich ihr in den Ausschnitt. Dann sind wir da und tanzen weiter. Immer näher beieinander.

Ich versuche, ihr einen Kuss zu geben. Sie zögert und weicht mir aus. Aber sie lächelt. Ich versuche es vorsichtig ein zweites Mal. Sie zögert wieder.

Sie beugt sich vor und flüstert mir ins Ohr, dass sie noch nie eine Frau geküsst hat. Klingt für meine Begriffe verdammt unwahrscheinlich. Ich küsse sie, und sie erwidert den Kuss. Ich ziehe sie raus in den Eingangsbereich, drücke sie gegen die Wand, und wir knutschen weiter. Wie weich ihre Lippen sind.

Mit ihrem Geständnis hat sie mir die Macht der Erfahreneren verliehen. Derjenigen, die die Kontrolle hat. Die die Führung übernimmt. Ich habe keine Ahnung, was ich hier verdammt noch mal mache, aber das Gefühl, dass ich gerade die Zügel in der Hand halte, erregt mich. Ich sehe ihr in die Augen und fahre mit den Fingerspitzen ihre Lippen ab, dann ihren Hals und den Saum ihres Ausschnitts. Ich kann ihre Atmung und ihren nervösen Enthusiasmus spüren.

Es ist fast vier. Die Leute verziehen sich, und als uns dämmert, dass wir gleich die Letzten sein werden, frage ich sie, wo sie wohnt.

Ich verabschiede mich von meiner Mitbewohnerin und reiße noch einen Witz, dass ich gleich erstmals im Leben eine Muschi lecke. Um das Ganze ein bisschen zu entdramatisieren.

Als ich raus auf die Straße komme, steht sie da und wartet auf mich. Sie sagt, dass sie jetzt wirklich heimmuss. Bestimmt will sie mich loswerden. Vorsichtig gehe ich auf sie zu. Ihre Augen lächeln mich an, und ich gebe ihr einen intensiven Kuss.

Sie überlegt es sich anders und fordert mich auf mitzukommen. Sie wohnt nur ein paar Blocks entfernt. Als wir ihre Wohnung betreten, ist sie immer noch nervös. Ihre Nervosität beschert mir Gelassenheit. Ich will sie.

Wie selbstverständlich übernehme ich die Kontrolle. Ich brauche mich auch nicht zu entschuldigen, als ich während ihres unbeholfenen Wohnungsrundgangs ihre Hand nehme und sie ins Schlafzimmer ziehe.

Ich drücke sie aufs Bett. Hab von der Wohnung, die sie mir zeigen wollte, nichts mitgekriegt. Hatte nur Augen für ihren Körper.

Ich ziehe sie aus. Ich habe Oberwasser, aber sie ist keineswegs passiv. Sie gibt mir zu verstehen, dass auch sie Lust hat. Sie zieht mich aus.

Ich streichle ihre Stirn, Lippen, Wangen und dann ihre Schlüsselbeine. Ich sehe ihr ins Gesicht. Wann immer ich ihre Haut streife, sehe ich, wie ihr Blick sich intensiviert und sie die Lippen schließt. Sie atmet schwerer. Ich bin fassungslos, wie sexy ihre Reaktionen sind. Sie reagiert stärker, wenn ich sie am Hals berühre, als die meisten Männer, wenn sie in mich eindringen.

Als ich ihr die Hände auf die Brüste lege, weiß ich nicht, wie ich je wieder aufhören soll. Auch wenn sie einen Bauch hat, Titten und Oberschenkel, genau wie ich, ist sie so verdammt sexy.

Meine Hand wandert nach unten, über ihren Bauch. Dann berühre ich vorsichtig ihre Klitoris. Ich kann ihr die Lust vom Gesicht ablesen.

Während ich vorsichtig zwei Finger in sie einführe, streife ich die Stellen mit den Lippen, die ich gerade noch mit den Fingern bespielt habe. Ich kann ihr Keuchen hören und versuche zu tun, was ich kann. Ich bin erregt und komplett darauf konzentriert, ihr alles zu geben.

Dann setzt sie sich auf mich. Ich sehe empor zu ihrem nackten Oberkörper und sage ihr, wie verdammt sexy sie ist. Ich gebe ihr einen Klaps auf den Hintern. Mein Unterleib pulsiert vor Erregtheit.

Sie führt ihre Finger in mich ein und küsst meine Klitoris, und ich komme schneller, als es mir lieb gewesen wäre.

Ich lege den Kopf auf ihren Bauch und habe Angst, dass sie anfangen könnte zu reden und alles zerstört. Habe Angst, dass irgendwas dieses Gefühl zunichtemachen könnte. Ich liebe sie und mich in diesem Moment. Ich sage zu ihr, dass ich morgen in aller Herrgottsfrühe rausmuss. Dass ich den Wäschekeller gebucht habe. Dann ziehe ich mich an.

Sie bringt mich zur Tür. Wirkt erleichtert, dass ich gehe. Sie und ich und wir sind schön. Ich gebe ihr einen Kuss. Ich werde verdammt noch mal nie wieder mit einem Mann schlafen.

Nr. 2.1

Ich ändere die Einstellungen auf Tinder und swipe jetzt nur noch Frauen. Es fühlt sich richtig an. Wie eine neue Chance. Indem ich mich zu Frauen hingezogen fühle, die den gleichen Körper haben wie ich, kann ich ihre und dadurch meine eigene Sexyness erkennen. Mit ihnen fühle ich mich frei. Keine Geschlechterrollen mehr, in denen man verharrt.

Die Frau mir gegenüber sieht interessant und sich ihrer Sache bewusst aus. Die Chemie stimmt vielleicht nicht ganz, aber ich brenne darauf, jenes erste Erlebnis zu wiederholen. Ich habe keine Ahnung, was ich hier treibe. Sie ist kein Mann, und auch wenn das in Sachen Anziehungskraft und Beziehungsfähigkeit keine Rolle spielen sollte, ist da ein Unterschied. Das hier ist schwierig. Ich habe inzwischen einige Dates mit Frauen gehabt. Bei einer von ihnen glaubte ich schon, dass es schiefgegangen wäre, doch als wir uns voneinander verabschiedet haben, fragte sie mich, ob sie mich küssen dürfe. Normalerweise liege ich immer richtig mit meiner Einschätzung, wie ein Date läuft, aber Frauen bleiben weiter freundlich, selbst wenn sie nicht mit einem schlafen wollen.

Die Frau mir gegenüber scheint schon ihr Lebtag lesbisch zu sein, und ich kann spüren, dass sie mich durchschaut. Sie sieht, dass ich nicht wirklich lesbisch bin. Ich wohne nur ein paar Blocks entfernt von der Bar, und als wir unser Bier fertig getrunken haben, schlägt sie einen Spaziergang vor, und urplötzlich stehen wir vor meiner Haustür. Wir halten Händchen, und ich küsse sie. Ein Typ, der vorbeiradelt, ruft uns zu, dass wir sexy sind. Ich reagiere darauf, sie nicht. Sie kennt das schon.

Wir setzen uns in die Küche, und ich mache eine Flasche Wein auf. Mit einem Typen wäre ich direkt ins Schlafzimmer gegangen, aber sie scheint sich unterhalten zu wollen. Keine Ahnung, worüber wir reden sollen. Fühle mich unerfahren und dumm.

Als die Gläser leer sind, ziehen wir ins Schlafzimmer um, und ich gebe ihr einen intensiven Kuss. Sie bittet mich, einen Gang runterzuschalten, und ich versuche es, aber es fällt mir schwer.

Wir machen langsamer. Legen uns hin. Nach einer Weile will ich sie lecken, und die Aussicht auf ihre Möse erregt mich. Ich bin überrascht, als ich sehe, dass sie rasiert ist. Denke kurz, wie anstrengend es sein muss, das so aufrechtzuerhalten. Eingewachsene Härchen und rote Flecken und Stoppeln. Es fühlt sich traurig an. Ich hab es mir anders vorgestellt. Sie stöhnt laut, und es fällt mir schwer herauszuhören, ob sie es nur vorspielt oder ehrlich ist. Es klingt gekünstelt. Ich bin verunsichert.

Kurze Zeit später höre ich auf, obwohl sie nicht gekommen ist, und sie sagt, dass es gut war, fasst mich aber nicht an. Keine Ahnung, was in ihr vorgeht. Ich erzähle ihr, dass ich zuvor erst mit einer Frau geschlafen habe. Lasse die Hosen runter. Sie reagiert, indem sie mir einen skeptischen Blick zuwirft. Dann steht sie auf und geht ins Bad. Mit dem Rücken zu mir sagt sie: »Ich hab nicht vor, deine verdammte Mentorin zu sein, wenn du das glaubst.«

Ich wollte, es gäbe noch eine andere Wirklichkeit, in der ich jemand anderes wäre, aber nun bin ich hier. Auf dem Sofa eines Typen. Er wollte schnell noch das Schlafzimmer aufräumen und hat mich gebeten zu warten. Keine Ahnung, worauf.

Vor zwei Tagen habe ich meine Tinder-Einstellung wieder zurückkorrigiert. Brauche eine Auszeit von Frauen, weil ich nicht verstehe, was sie von mir wollen. Ich kann sie nicht lesen, ihnen nichts vorspielen und sie auch nicht retten. Sie sind neugierig und wollen mich kennenlernen. Aber bei ihnen verliere ich die Kontrolle, dabei brauche ich die. Auf diesem Sofa bin ich schwach, aber andernorts bin ich noch schwächer.

Er kommt wieder, und ich bin froh, dass er auch im Wohnzimmerlicht gut aussieht. Ich hab längst vergessen, warum ich mich auf dieses Date eingelassen habe, glaube aber, es lag daran, dass er auf seinem Profilbild vor einem Bücherregal mit einigen meiner Lieblingsbücher stand. Ich kann in dieser Wohnung kein einziges Detail erkennen, das auf intellektuelle Neugier hindeuten würde, und nehme an, das Foto ist irgendwo anders entstanden. Aber er küsst gut und hat den ganzen Abend nicht aufgehört, meine Brüste anzustarren.

Er setzt sich neben mich und streicht mir über Wange und Hals. Ich zucke zusammen. Entspanne mich erst wieder, als seine Hand weiter zu meinem Ausschnitt wandert. Sein Blick bleibt daran hängen, und das erregt mich. Das Drängen seiner Finger ermuntert mich. Er zieht mein Top nach unten, und ich fühle mich wohl. Unter seinem Blick. Ich gehe vor dem Sofa in die Hocke und freue mich schon darauf, ihm zu zeigen, wie gut ich bei Blowjobs bin. Es macht mich nicht heiß, aber ich mag es, ihm dabei zuzusehen, wie er mir zusieht.

Wir ziehen vom Sofa ins Schlafzimmer um, wo wir zweimal miteinander schlafen. Er fragt nicht, ob wir ein Kondom benutzen sollen, und ich will die Stimmung nicht ruinieren. So gut kennen wir einander nicht. Als er gekommen ist, legen wir uns schlafen.

Ich wache früh auf und schmiege mich mit dem Rücken an ihn. Er wacht ebenfalls auf, fängt an, mich zu streicheln, und ich werde feucht. Ich drehe mich nicht um. Wir haben Sex, ohne einander anzusehen. So ist es schöner. In der Anonymität. Ich komme, bin endlich nicht mehr spitz, lasse ihn aber weitermachen, damit auch er zum Abschluss kommt. Als er fertig ist, stehe ich auf, klaube meine Sachen vom Fußboden auf und verschwinde im Bad. Dort ziehe ich mich an, damit er mir dabei nicht zusieht.

Als ich aus dem Bad komme, ist er fast wieder eingeschlafen. Ich muss gehen, sage ich, und mit halb offenen Augen murmelt er: »Danke für den schönen Abend.« Ich gehe zur Tür. Er fragt nicht nach meiner Nummer und ich nicht nach seiner.

»Bis dann«, sagt er noch.

»Bis dann«, sage ich.

Sofia Rönnow Pessah wurde 1989 in Malmö geboren. Sie hat einen Master in Jura und arbeitet als Anwältin für Asylrecht für eine NGO in Stockholm. *Die Männer in meinem Leben* ist ihr Debütroman.